夏乃実
illustration
しまぬん
やり込んでいたゲーム世界の
Yarikondeita game sekai no
akuyaku mob ni tensei shimashita
悪役モブに転生しました
～ゲーム知識使って気ままに生きてたら、何故かありとあらゆる所で名が知れ渡っていた～

目次

Yarikondeita game sekai no akuyaku mob ni tensei shimashita

やり込んでいたゲーム世界の悪役モブに転生しました
～ゲーム知識使って気ままに生きてたら、何故かありとあらゆる所で名が知れ渡っていた～

夏乃実

GA文庫

カバー・口絵　本文イラスト
しまぬん

プロローグ

Yarikondeita game sekai no akuyaku mob ni tensei shimashita

数十メートルもある城壁に囲まれた街。

その街でのとある日。

「やっと見つけたっ！　ほら、さっさと行くわよ」

「……」

食事処《どころ》で飯を食べていれば、赤髪の少女がいきなり腕を引っ張ってくる。

隣《となり》を見た後、後ろを振り向けば美人な姉と馬車を引く御者《ぎょしゃ》がニッコリと笑っている。

『是非ともよろしくお願いいたします』と言うように。


とある日。

「ようやくお見つけしました。是非、当家へいらしてください」

「……」

食事処で飯を食べていれば、白髪の少女がいきなり腕を引っ張ってくる。

隣を見た後、後ろを振り向けば麗人《れいじん》な姉と馬車を引く御者がニッコリと笑っている。

『よ、よろしくしてくれない？』と言うように。

さらにとある日。

「おい、レミィと遊べ」

「……」

食事処で飯を食べていれば、金髪の少女がいきなり腕を引っ張ってくる。

隣を見た後、後ろを振り向けば美玉な姉と馬車を引く御者がニッコリと笑っている。

『是非よろしくお願いいたします』と言うように。


その全《すべ》ての誘いに対し、『嫌』と首を横に振れば、椅子《いす》から落ちてしまいそうなほどの力で少女が引っ張ってくる。

「まああほんの少しだけですから」

そして、その姉と御者が援護を飛ばしてくる。


さらにさらにとある日。

「ねえねえ、今日こそは手合わせしてくれる？　あなたが指摘した癖《くせ》を直してみたの」

「……（それだけは勘弁してくれ）」

「無視しないでよ。ほら、私よ」

食事処で飯を食べていれば、大層立派な白銀の装備に身に包むトレジャーハンターに言われる。

鎧兜《よろいかぶと》を頭から外すその女性は、綺麗《きれい》な顔を露《あら》わにする。

「……知ってるに決まってる」

「じゃあ行きましょう！」

「遠慮する。手合わせしたら……死ぬぞ（俺《おれ》が）」

「なっ！　そこは少しくらい手加減してくれてもいいじゃないの」

本気で重傷を負わされると疑っていない様子の、この街で最強と噂《うわさ》されるトレジャーハンター。

一体どうしてこんな風になってしまったのか。

それは少し前に遡《さかのぼ》る。

第一章　別世界

Yarikondeita game sekai no akuyaku mob ni tensei shimashita

整地もされていない暗い森の中。傍《そば》には小川が流れる場所。

「——おいそこの新人！」

「……は、はい」

「オレ達は寝るからしっかり見張っとけ。お前はウェーハ街からの運搬《うんぱん》ってだけで高《たけ》ぇ報酬《ほうしゅう》払ってるんだから、こんぐらいできるよな」

「あ、はい……」

「もし人質達《アイツ》が大声上げるようなら、少し痛い目ぇ見せてやれ。まあもうその気力すら残ってねぇだろうがな」

「はい……」

一人の男がこの返事をすれば、柄の悪い筋肉質な男達が全員テントの中に入っていく。

大剣や刀、斧《おの》などの武器を持ったまま。

「…………」

現実世界ではあり得ない、見られるわけもない光景。

一体、どうしてこうなってしまったのだろうか。

ロウソクに火を灯《とも》す名もない新人《モブ》――先ほど事故に巻き込まれ、死んだはずの男は、落ち着きを取り戻すように深呼吸をする。

「い、意味わからん……」

困惑した声は、静寂《せいじゃく》の森に霧散《むさん》する。

（こ、これ……ＦＲＦ《ファンシー・ルーミー・ファンタジー》の世界……だよな）

男が空を見上げれば、赤の月と青の月の二つが視界に映る。これまた現実世界ではあり得ない光景。ＦＲＦのゲームパッケージになっているデザインである。

そのＦＲＦとは、探索《たんさく》や戦闘などを行い、経験を通して成長していくファンタジーゲーム。この男が何百時間とやり込んだゲームである。

（って、今はもっと別のこと考えないと……だよな。見るからに悪の片棒担《かつ》いでるし……）

何度も言うが、一寸前《ちょっと》に事故に巻き込まれたはずが、いきなりこんなことになっていたのだ。本当に『意味がわからん』でしか説明がつかないこと。

「な、なんだってこんな……」

ボソボソ独り言を漏《も》らしながら、自分のものではなかった体を触り、心臓の鼓動《こどう》を感じ、この世界で生きていることを理解する。

顔も体格も肌感も服装もなにもかもが違う。そんな奇妙な感覚に襲《おそ》われながら後ろを振り向く。

「……」

そこにあるのは荷台の上に置かれた鉄の檻《おり》。

暗闇《くらやみ》で完全には捉《とら》えられないが――うっすらとした人影が三つ見える。

(こ、これどうするか……)

状況が状況でもあり、やり込んだゲームだからこそ、より冷や汗が流れる。

ＦＲＦの悪役は、全て成敗《せいばい》されるように設定されているのだ。

そのゲームシステムとこの世界が同じなのかはわからないが、もし同じだったのなら、待ち受けているのはバッドエンドである。

(さっさと逃げるか……。うん)

捕《つか》まるくらいならトンズラする。

『痛い』では済まされない思いなどしたくもない。

そもそも自我があるのだ。このキャラの役割を全《まっと》うする意味もない。当たり前の選択と言えるだろう。

この男にとって一つ幸いなことは、土地勘《とちかん》のあるやり込んだ世界にいるということ。

そんな男だからこそ、することは決まっていた。

(悪い奴《やつ》には悪いことしても……罰《ばち》は当たらないよな、多分)

キョロキョロと周りを見渡す男は、馬車にかけられた金袋と地図をそそくさ奪い取る。

そうして、足音を立てずに鉄の檻の前に近づき、ロウソクの明かりを中に灯す。

視界に映るのは、ビクッと反応する二人の少女。そして、横たわっている無反応な少女。

一体何日をここで過ごしたのだろうか、全員が薄汚れていて、劣悪な環境にいたことがわかる。

また――少女達からすれば悪者に映っている男。事実、敵意を向けられているからこそ、口下手になってしまう。

「お、おーい。出るぞ……？」

「っ！」

「っ」

「……」

声をかければ、先ほどと同じようにビクッと反応する二人。もう一人の少女は相変わらず無反応だが、もう追及している余裕はない。

この会話が他の悪役《キャラ》にバレたら終わりなのだから。

「えっと……一緒に逃げるぞ？」

さすがに一人で逃げることは後ろめたい。さらに言えば一応は金品を盗んでいるわけでもある。

いいことをして釣り合いを取ることができる。結果的にこの少女達にとっても嬉《うれ》しいはずだと考えてたが……手応えのある反応はなにも見られなかった。

俯《うつむ》く赤髪の少女と、両目を閉じたまま首を振る白髪の少女。変わらず無反応の金髪の少女。誘いに乗る者は誰《だれ》もいなかった。

「え？」

『なぜ？』との含《ふく》みに答えたのは、赤髪の少女と白髪の少女の二人だった。

「……騙《だま》そうとしているのは、わかっているわ。ふざけたこと……しないで……」

「……でしたら、どうして最初にお助けしなかったのですか……」

赤髪の少女からは軽蔑《けいべつ》の眼差《まなざ》しを向けられ、白髪の少女は目を瞑《つむ》ったまま、冷たい声を投げかけてくる。

――まるでこの少女達もただのキャラではなく、一人の人間としての自我を持っているかのように。

「……」

正直、そんなことを言われるのは理不尽《りふじん》そのもの。モヤッとすることだが、少女達からすれば真っ当な言い分だろう。

「ほら、答えられない。思い通りにならなくて残念だったわね」

そんなに凶悪顔に見えているのだろうか。それとも一矢報いようとしているのか。

どちらにしても傷つくが、立ち回りを間違えたことには気づかされた。

「……ま、まず助けが遅れたのは本当に申し訳ない。えっと……敵に紛れ込む時間が必要だったんだ」

まずは頭を下げる。

「その分、ウェーハ街からの合流ってだけでも相当な無理をさせてもらって……。だから俺《おれ》は……諜報員《スパイ》を生業《なりわい》にしてる者だ、うん」

「……」

「……」

最初から最後まで嘘《うそ》を並べてしまうも、今は味方だと信じてもらう方が優先。

論より証拠を出すようにベルトにかけていた鍵《かぎ》を取り、音を立てないように解錠する。

この現場を見られたらもう言い訳のしようもない。ここからは時間との勝負である。

「だからほら、早く。これがバレたら俺が死ぬ。この汗見ろ」

ゲーム世界とは言え、ゲームと同じ感覚で行うことはできない。必死に訴えるが、上手《うま》くいかなかった。

「に、逃げたいけど……無理よ……」

「む、無理？」

「あたしは元々足が悪いから……ここから逃げられる状態じゃないのよ……」

「は？」

「わたしはこの通り、目が見えません……」

「え？」

「その子……レミィはもう衰弱《すいじゃく》しきっているわ……。病気のせいでもあるから、ここから逃げたところで、全員野垂《のた》れ死《じ》ぬだけよ……」

「……あ、あぁ」

ゲームをやり込んでいた男だが、こんな設定は知らない。

今思い返してみれば、こんなストーリーはゲームにもない。

いや、違う。

やり込んでいたキャラ――FRFの主人公に転生しているわけではないのだ。当たり前と言えば当たり前のこと。

「あなたが敵じゃないことはわかったから……。それが知れただけで十分よもう……」

「ありがとう、ございます……」

『逃げられないから鍵を閉めて』

『捕われていた方が、生きられる可能性がある』

と、暗《あん》に伝えてくる足が悪い赤髪の少女と盲目《もうもく》の白髪の少女。

現実を直視しているからこその二人だった。が――。

ずっと無反応だった金髪の少女だけは違った。

「う……ぅ……」

「ッ!!」

一瞬、驚いた。

最後の力を振り絞るように、最後の助けを摑《つか》もうとするように、横たわったまま細い腕を震えさせながらこちらに手を伸ばしてきたのだ。

「……そ、そうだよな、ここに居るよりかは逃げた方がいいよな。三人を抱《かか》えていけばいいんだし」

「な、なにを言っているのよ……」

「外も暗いですよ……」

「地図もあるし土地勘もある。平気だ」

ウェーハ街から西に進んだこの森は、カディア森林と呼ばれる場所。

ご丁寧に地図には現在地らしき点が記されている。正確ではないだろうが、おおよそが摑めれば問題ない。

「ほら、早くお前らも摑まれ。逃げるぞ」

その声と共に衰弱している金髪の少女を背中に、逃げる意志を固めた赤髪の少女と白髪の少女を両脇《りょうわき》に抱え、この場から急いで退散する。

(やっぱり触った通り、筋肉はある……)

過去の自分の体だったら、絶対にできないことだっただろう。

『よかった』という感情が生まれるが、それはほんの僅《わず》か。

極度の緊張ですぐに上書きされる。息を切らしながら、追っ手が来ていないか何度も背後を確認しながら頭を働かせる。

（ってか、さっきの地図……俺がプレイ中に名前つけたアルディア街があるし、もしかしたら元のゲームデータがこの世界に残ってるんじゃ……）

あの危機的状況だったのだ。行き当たりばったりなのは、仕方がない。

そして、この状況的にも小さな希望に頼る他ない。

眉間《みけん》にシワを寄せながら、疲労のある体で歩き続ける男は、小川に沿《そ》ってあの場所に狙《ねら》いを定め、向かっていく。

月明かりに助けられながら、時に地図を確認しながら、少女達を抱えて何十分間歩き続けただろうか──。

「ここは……どこでしょうか……」

「一応、俺が作った隠《かく》れ家《が》的なところだ（まさかあるとは思わなかったが）」

盲目の白髪少女に答えれば、すぐに追及の声が赤髪の少女から飛ぶ。

「あ、あなた……ただの諜報員《スパイ》じゃないでしょ……。こんな場所にツリーハウスを立てるって……」

「まあ俺も驚いた」

「え？」

「いや、なんでもない」

そう。男は無事に見つけたのだ。

ゲーム時代に作った草木に隠れたサブ拠点、ツリーハウスの入り口にもなる草木に隠れた石の階段を。

その石に埋め込まれた板にパスコードとなるマークを指でなぞれば、ゲーム世界と同様に入り口が現れたのだ。

（と、とりあえず一歩前進……か。埃《ほこり》を被《かぶ》ってなかったらなおよかったが……）

今現在、そんなことを思いながら、草木で完全に雲隠れしたツリーハウスのリビングで緊張を一度解いた中。

「って、まだそんな場合じゃないか……」

「ね、ねえ。レミィは助かるの……？」

ベッドに下ろした衰弱した金髪の少女——レミィと呼ばれる少女に近づけば、足を引きずりながら赤髪の少女も近づいてくる。

盲目の少女は、レミィの手を握《にぎ》ってベッドに座っている。

この距離感から察するに全員が仲の良い関係なのだろう。

「まあアイテムは備蓄《びちく》してた……はず。確か」

「なにか食べさせられるようなものがあるの……？」

「た、食べられるものはなんというかだな……」

（さ、さすがにアレは残ってるはず……。この家が残ってるんだから……）

　心配する声を聞きながら、ベッド横にある大きなアイテム箱を覗《のぞ》き込むようにして開ければ——男の不安をかき消すように入っていた。

（よ、よしよし……）

　ＦＲＦをやり込んでいた時、一時的に使っていた漆黒《しっこく》の鎧《よろい》と刀剣、溜《た》め込んでいた万能薬《ばんのうやく》瓶《びん》が。

　ゲーム世界のシステムを引き継いでいる世界だけあって、装備が錆《さ》びている様子も、薬が腐《ふ》敗《はい》している様子もない。

「ほら、とりあえず薬がある。これ効くだろ？」

「なっ！　こ、この場でふざけないでよ！　ただの薬が衰弱に効くわけ——は？」

　男は取り出す。黄金色に輝く液体が入ったその瓶を。

「一応普通の薬じゃないから効くだろ……？　多分これなら」

「なっ、な……。あ、あなたその色って……」

「やっぱり珍《めずら》しいよな？　だけどまあ（やり込んでただけに）中途半端《ちゅうとはんぱ》なものは置いてない

んだよ」

「あ、ぁ……」

アイテム箱からさらに二つの万能薬を出す。

『HPにMP、怪我《けが》から空腹に毒などの状態異常を一瞬で治す』という効果を持つこの薬は、ゲームの時ですら調合に苦労した代物。

(これが残り17個あるわけだから、金に苦労することはなさそう……だな。この反応からするに、売ったらいい値段もするはず)

もしこの万能薬がごく僅かな数しかなかったら、醜《みにく》いことに渋《しぶ》っていた気持ちが出ていたかもしれない。しかし、この数なら渡す余裕もある。

事が上手に運んでいるということはなによりも嬉しいもの。

無意識にニヤけながらアイテム箱を閉じた時、怖気《おぞけ》を含んだ声がかかる。

「あ、あなた……本当に何者なのよ……。ただの諜報員《スパイ》がこんな貴重なアイテムを簡単に……」

「それ以上は聞かない方がいい。お互いのために」

『――ゴクッ』

追及されればされるだけ困るのは、この男。

質問の答え一つ一つに不信感を積もらせるはずなのは少女達。

重たい声を意識しながらストップをかければ、なにか誤解しているように生唾《なまつば》を飲み込む赤髪の少女である。

「とりあえずお前達もこれ使え。飲めば足の病気も、そっちの白髪の子の目も治るわけで。てかこれ以上、三人を担ぎながら外を歩くなんてことはしたくない。俺がキツい」

「わ、わざとそんなこと言っちゃって……」

（本音なんだが……）

転生したこのモブキャラは一般人よりも筋力はあるのだろうが、キツいことには変わらない。実際、体力の限界を迎えている。

「あ、あの……幻の万能薬が、本当にあるのですか……？　わたしの分も、あるのですか？」

「あるよ。まあわからんだろうけど、ほら」

盲目なことを聞いている男は、手に握らせて実物を確認させる。

「信じられない……です」

「今回だけ特別だぞ？　ほら、俺の気が変わる前に早く飲んじまえ」

そんな一言をかけ、病弱で衰弱したレミィの前に立つ。

「お前もよく頑張ったな。今飲ませてやる」

『コク』

声も出せなければ、微弱に首を動かす金髪の少女。もう少し助けが遅れていたら、最悪の結果になっていたのかもしれない。

瓶の蓋《ふた》を開け、小さく開いたその口にゆっくりと液を流し込めば――全身が緑の光に包まれ、空中に霧散していく。

（お、おお……）

ゲームと全く同じエフェクトを見て目を見開く男だが、すぐに我に返る。

憔悴《しょうすい》していた少女の顔が柔らかくなったことを確認して。

「とりあえず今は休め。この薬でも心労は治るわけじゃない。多分」

「あり、がと……」

「ん」

体が楽になったのか、すぐに寝息を立て始めたこの少女。やっと安心できる環境に立てたと感じたこともあるのだろう。

ホッとして後ろを振り向けば、空になった二つのビンが映る。

そして、引きずっていた足をおずおずと確認している泣き顔の赤髪の少女と、盲目が治ったのだろう、顔に手を当てて涙を流している白髪の少女がいる。

「さてさて、無事に送り届けられたらどんなお礼をしてもらおうかねえ。これでもがめついん――」

「ぐすっ……」

「う、うぅ……」

「せめて聞けよ」

一体どれだけ病《やまい》に悩まされてきたのか、それはわからない。

しかし、長年不便してきたことがわかるように、強気だった少女までも頬《ほお》に涙を流し始めた。

（もうそっとしとこ……）

軽口を言うタイミングじゃないことをすぐに察する男は、二人が落ち着きを取り戻すまで、アイテム箱を再び開け、状況的に味わえなかった感動を今、味わうのだった。


そして、二人が泣きやんだその後のこと。正確に言えば、寝るまでの間、ずっと泣いていて、天窓からうっすらとした朝日が差す時間。

「は？　お前らアルディア街から連れ去られたのか……。ここから二街以上も離れてるってなると、結構な時間がかかりそうだな……」

「その文句はあなたのお仲間に言ってちょうだいよっ！　悪いのは全部アイツらなんだから……！」

「（俺の中では）仲間じゃないからな」

場所は変わらずツリーハウスの中。

奪ってきた地図を見ながら赤髪の少女、カレンに言い返す。

「てか、誰かワープは使えないのか？　瞬間移動する魔法」

「あの伝説の魔法が使えるのなら、とっくの昔に使って逃げてるわよ」

「はは、そりゃそうだわな」

納得の言葉である。

（今まで使ってたゲームキャラになってたら、ワープも使えてたんだろうな……）

このキャラの能力値《ステイタス》を一通り調べた結果、トレジャーハンターで例えるならDからCランクの平均設定。突出した能力もない。

いかにもモブの悪役らしい数値だった。

「あの……ワープの魔法を扱《あつか》えるのは、過去に一人しかいなかったとお聞きしております」

「そ、そうか。まあ伝説の魔法だしな」

そこで間に入ってくるのは、盲目だった白髪の少女。ニーナ。

陽《ひ》の光を見たのも久しぶりなのだろう。チラチラと天井《てんじょう》を見上げ、薄目のままに補足を入れてくれる。

「それよりお前の目は大丈夫か？」

「まだ慣れませんが、今はしっかりと……。本当にありがとうございます」

「あんたの足は？」

「も、もう平気よ……。感謝してるわ」

「そっか」

「――って、さっき自己紹介したのだから、『あんた』とか『お前』って言うのはやめて。あたしにはカレン・ディオール・アルディっていう崇高《すうこう》な名前があるのだから」

「はいはいカレンね」

「わたしはニーナ・クアリエ・アンサージです」

「はいニーナね」

こんな長い名前、リアルじゃ聞いたこともない。長すぎて覚えられないというのが実情である。

「で、未《いま》だにベッドで寝てるのがレミィだっけ?」

「ええ。レミィ・トラリア・アルブレラよ」

「了解」

フルネームで教えてくれたところ悪いが、レミィで覚えることにした。

「まあ、問題はこれからだよなぁ……。それぞれの病気が治ったところで住んでた街に帰れなければ意味がない」

「もし、悪者達《アイツ》に見つかっても、あなたが守ってくれるのでしょ? 諜報員《スパイ》ってことは、それなりに腕が立つんでしょうし」

「……いや、その保証はできない」

「なっ、なんでよ!」

「どんなに強かろうが、絶対はない」

「ッ」

「っ」

その言葉に、体を硬直させるカレンとニーナ。

真剣さが伝わったのだろう、『怖気』の感情が伝わってくるが、一番の恐怖を感じているのはこの男である。

もしもの時、戦わなければいけないのは自分なのだから。

ゲーム世界とは違って、恐らく鮮血も流れる、命をかけた実戦を。

これればかりはゲームの知識だけでは絶対に勝てない部分。全てを投げ売ってでも絶対に避けたいところ。

「……そんなわけで、戦闘をしないように立ち回る。全員が生き残るために」

「い、いかにも諜報員《スパイ》らしい考えね……」

「ですが、それが最善だと気づきました……」

「命は一個しかないからな。死んだら基本終わりだ」

話はすぐに固まる。

「それで、あなたにはなにか作戦があるの？」

「……そう聞かれると困るんだが」

「えっ」

カレンの質問に答えれば、ニーナが頓狂《とんきょう》な声を上げる。

目が合えば、なんとも言えない顔をしている二人。

なにか言わざるを得ない雰囲気が漂《ただよ》う。

「えっと……じゃああくまで俺なりの意見だが、お前達を攫《さら》った敵はウェーハ街付近を見張ってると思う。ここから一番近い街で、俺がその街から合流した（らしい）から、なにかしらのツテがあると考えはするだろう」

地図を指して説明を。

「もう諦《あきら》めをつけて、見張るようなことは……？」

「そう簡単に諦めるようなヤツが人攫いなんてしないだろ、多分。成果を得られる可能性がある限りは、なにかしら講じてくると見た方がいい」

悪人にとって最悪な結果は、人々が集まる街に入られ、助けを呼ばれることだろう。

その対策を取ってくるのが自然なはず。

「まあだから、俺達は逆に遠回りをしようと思う。北にあるウェーハ街じゃなくて、この森を南下した先にある集落を経由するんだ。まあ金はかかるが、馬車は出してもらえる（ことは知ってる）」

ゲームの知識が早速生かされる。

「ね、ねえ。あたし達は手持ちが……」

「一応（悪党から盗んだ）金はある。これは全財産使っていい。てか、お前らの服も必要だし、全額使う勢いで羽振りよくした方がいいだろうな。あそこはよそ者に厳しいんだ」

盗むという悪事を働いてしまったが、この時ばかりは奪ってよかったと思えた。

このお金のおかげで選択肢を増やすことができたのだから。

「……あの、どうしてあなたはわたし達のことをここまで助けてくれるのですか？　大変貴重な万能薬まで使って……。本当は諜報員《スパイ》だって教えることもいけないはず……ですよね」

「あ、ああー……」

ニーナに言われて気づく。諜報員《スパイ》という嘘をよくつけたものだということと、助けることに本気になっていることを。

不意にこう突っ込まれると、どこか恥ずかしくなる。

「……まあ、親御さんに感謝するんだな。上からの指示が届いてなければ、こんなことはしてない」

頬を掻《か》きながら誤魔化す男は、視線を彷徨《さまよ》わせることで目が合う。

ベッドで横になったまま、目を開けてこちらを見ている金髪の少女と。

「お、お前……。レミィだったな。起きたなら起きたって言わないか」

「……起きたぞ」

「もう遅いな」

ふてぶてしい口調が少し引っかかったものの、とりあえず回復した様子を見て安心する。

「とりあえずもう少し作戦を練《ね》るか……。あ、お前らも夜になったら川で体とか洗ってくれ。人目につくような昼には行くなよ」

「あの、わたしが浄化魔法を扱えます……」

と、手を上げながら言うのはニーナ。

「ほう。じゃあ二人は魔法かけてもらえ。子供のお世話になるわけにはいかないから。俺は川で浴びる」

「ふーん。あなたが使えないのは意外だわ。諜報員《スパイ》なら絶対便利になる魔法なのに」

「……便利を図ろうとすればするだけ、悟られる可能性があるんだよ」

「……あなた、やっぱり只者《ただもの》じゃないわよね」

「これでも（口だけは）一流だからな」

なんて余裕ありげに振る舞っているものの、未だに見つかった時の恐怖が拭《ぬぐ》いきれない男。

それでも現状は頭の中に入っている知識、着て出られる装備に薬。その数々から生還できる自信が多少なりに湧《わ》いてもいた。

ただ、なにもかもがない状況だったら——ここまで口が回ることはなかっただろう。必ず不安に押しつぶされていたことだろう。

＊

帰還《きかん》するための作戦を十分すぎるくらいに練り、全員で身を潜めていたツリーハウスを後にして一週間が経《た》っただろうか。

「おい！　急ぎ連絡を飛ばせッ!!」

「し、承知いたしました!!」

街への出入り口になる城壁門の前では、門衛が慌《あわ》ただしく動いていた。

「なんか……忙しそうだな」

「それはそうでしょ。無事に帰還したんだから。あたし達が攫われた情報が伝わっていないわけないもの」

「な、なるほど？」

カレンからツッコミを入れられた今。

「わあ……」

盲目だったニーナは、都市を囲む大きな石の城壁と、出入り口から見える人々で賑《にぎ》わう故郷の景観を目に入れて感嘆の声を上げていた。

「……」

レミィに関しては無言のまま、漆黒の鎧で纏《まと》った腕を両手で摑まれている状態である。ずっと。

未だ襲われた時の恐怖が残っていたら……と考えればさすがに抵抗できず、好き勝手にさせていると、場を仕切っていたリーダー格の門衛が前に出てくる。

（な、なんか一撃で葬《ほうむ》ってきそうな図体《ずうたい》してるな……）

男が心の中で呟《つぶや》く通り、見た目から強さがムンムンに伝わってくるほどのガチムチで、至るところに傷跡《きずあと》が見える。

そんな歴戦と思われる門衛だったが――。

「カレン様、ニーナ様、レミィ様。よくぞご無事で！」

両手を合わせながら、見た目に反して物腰が低かった。

「ありがとう。無事に帰ってこれたのは、この人のおかげだけどね」

「ハッ！　この度は本当にありがとうございました！　ご協力心より感謝いたします!!」

急に話を振られ、『気にしなくていい』と伝えるように手を軽く上げる。

無言の対応になってしまったのは、ガチムチの門衛に最敬礼をされているから。

戸惑いで口を出せる状態じゃなかったのだ。

「で、ではカレン様、ニーナ様、レミィ様は門衛所の中でご待機ください！　お迎えが来られますので！」

「あ、あの、あなたはこれからどうされるのですか？」

「俺？　俺はしばらくこの街にいるつもりだけど」

ニーナの質問に答えれば、カレンがすかさず補足を入れてくる。

「そうじゃなくって、これから予定があるかを聞いているのよ。詳しくは知らないけど、職業柄あったりするんじゃないの？　ってこと。上への連絡とか」

「あ、ああ……。まあ」

本当のことを言えば無職なのだ。そんなことは知ったこっちゃない。濁《にご》った返事になるのは当たり前。

「……そんなに急がなくてもいい。レミィが許すぞ」

「お前はやけに上から目線だよな」

見上げられながら言われ、目を合わせながら思ったことを言い返す。

このやり取りを交わした最中、目が飛び出るような表情を作る門衛が目の前にいたことには気づく由もない。

「も、もし都合がつくなら……あなたもあたし達と一緒にいなさいよ。さすがにお礼をしないと面目が立たないわ」

「じゃあそれはいつか返してくれ。申し訳ないが今は暇《ひま》じゃない」

「……はあ。そんなことだろうと思ってたけど」

「あ、あの、当家《わたし》からのお礼は……」

「それもいつかでいい。レミィも同じく」

「イヤ」

「俺も嫌」

（もうなんか急に疲れが出てきたな……）

ゲームの世界と感覚が違うために、大した戦闘ができるわけじゃない。だからこそ街に辿《たど》り着くまで神経をすり減らし、周りへの警戒を続けていたのだ。

緊張の糸が切れたことで、お礼よりも『早く体を休めたい』という優先順位になっていた。

「てか、お前らは早く門衛さんの指示に従って別室に入っとけ。安心するのは家に帰ってからだろ」

「わ、わかったわよ……。相変わらず慎重なんだから……」

「本当にありがとうございました」

「……」

「おいレミィ。お前も」

「……ん」

一人残ろうとしたレミィを指摘し、別の門衛に案内されながら中に入っていくところを見送る。

本来は誰にでも入れるような門衛所ではないだろうが、攫われた情報が伝わっているだけに、保護という理由で中に入ることができるのだろう。

三人の少女が見えなくなったところで、この場に残っていたガチムチの門衛が再び頭を下げてくる。

「改めてお礼をさせてください。本当に、本当に感謝申し上げます」

「いや……いい」

相手が相手だけに本当に対応しづらい。どうしても口下手になってしまう。

「まあ、あとはよろしく頼む」

「ハッ！　命に変えても」

「じ、じゃあ、俺は街に入らせてもらう……ぞ？」

「もちろんです。来街を歓迎させていただきます」

「ど、どうも……」

そうして、下手《したて》に出られていることで逆に圧倒されてしまう男は、キョロキョロしながら街の中に入っていく。

――その一方で。

重圧を飛ばしているような漆黒の鎧に身を包む後ろ姿を見送り続けた門衛は、

「お、おい。あれは一体なんなんだ……？　とんでもない男だったが……」

「い、いやぁ……。あれはバケモンっすね。見ただけでわかりますもん」

その背中が見えなくなった後、部下と会話していた。

「あの装備、オレ見たこともないっすよ。これでも詳しい方だと自負してたんすけどねぇ」

「鑑定《かんてい》スキルを使わせてもらったが……レベル8のダンジョンで見つかるレアアイテム、という情報しか探れなかった。一体どんな能力を持ってるのかは闇の中だな……」

「レ、レベル8⁉　あれはまだ最上位クラン二組しか攻略できてない場所っすよ⁉」

「あの凶悪な犯罪組織、レッドフリードを相手に無傷で三人を救い出しているどころか、息女らの安全確保を優先し、街に入る時にまで入念な周囲警戒を行っていた。歴戦の猛者《もさ》なのは間違いない」

これがベテランの門衛が感じたこと。

「ふう……。甲冑《かっちゅう》に隠れたその顔を是非とも拝《おが》みたかったものだ」

「え、身分は確認しなかったんすか⁉　それ職務放棄《しょくむほうき》じゃ……」

「なにを言うか……。カレン様、ニーナ様、レミィ様を命懸《いのちが》けで救った相手を粗末に扱えるわけがないだろう。気分を害すような真似《まね》はさせられない。特例として対応するには十分だ」

「あ、そ、それもそうっすね。よくよく思えばレベル8の攻略者ってのも納得っす。あの幻の万能薬を3つも使えるほどっすもん」

「ん？　幻の万能薬？」

「あれ、リーダーは気づかなかったっすか？　あの御三方のご病気が回復されていること。わかりやすいもので言えば、足を悪くされていたはずのカレン様が普通に歩いてたじゃないっすか」

「――――ッッ⁉」

さまざまなところで気を回していただけに、言われて気づくことだった。

「ああそうだ。さっきその御三方に聞いた話なんすけど、『中途半端なものはない』って当たり前にあの薬を渡してきたそうっすよ……？　やってることマジでエグいっすよ……」

「……お、おい。緊急だ。彼の情報を上に報告しておけ。ハンター協会にもだ」

「え？」

「いいからすぐに動け！」

「り、了解っす‼」

真剣な声色と表情を察し、すぐに動く部下。

最上位の爵位《しゃくい》。公爵家令嬢、カレン・ディオール・アルディ。

代々と続いている聖々教《せいせい》。その先祖の家系、ニーナ・クアリエ・アンサージ。

数多くの商業機構を束ねる首領の娘、レミィ・トラリア・アルブレラ。

この街以外からも三強と呼ばれている権力者の愛娘《まなむすめ》にあの軽口を叩《たた》けている様子。

城を建てられるほど貴重な万能薬を消費してもなお、謝礼をあしらう様子。

そして、レベル8ダンジョンのアイテムを保持している到達者。
普通ならなにもかもがあり得ない対応から、こう思案するリーダーだったのだ。
帝都直属の暗躍《あんやく》組織。またの名を治安維持組織、ヴェルタールの人間ではと。

幕間一

Yarikondeita game sekai no
akuyaku mob ni tensei shimashita

「おい！　我が娘はまだ見つからないのか！　カレンの情報はどこにも出ていないのか！」

広々とした敷地に構える豪勢なお屋敷では――。

「た、大変申し訳ございません。アンサージ家、アルブレラ家と共同でお探ししているのですが、未《いま》だ目撃情報がどこにもなく……」

「あれほどの褒賞金《ほうしょうきん》を出していると言うのに、一体どう言うことなのだ……」

頭を抱《かか》え、項垂《うなだ》れるディゴート公爵《こうしゃく》がいた。

「ディゴート様……。大変言葉にしづらいのですが、これほどの勢力をかけて一切《いっさい》の目撃情報がないというのは、その……」

「ふ、ふざけたことを抜かすなッ！　いいか、必ず探し出せ！　我にはカレンが必要なのだ！」

怒号が響く一室。

その部屋の大きなドアが勢いよく開けられる。

「だ、旦那《だんな》様！　失礼を大変申し訳ありません……！」

「なっ、なんだ突然」

「ただ今、カレン様がお見えになられたとの連絡が門番から入りました！」

「ンッ⁉　ゴホッゴホ」

噂《うわさ》をすればという状況。

いや、そんなことよりも聞き捨てならない報告。

「な、なんだと⁉　ゴホッ、そ、それは真《まこと》か⁉」

驚きで咳《せ》き込みながら、思わず立ち上がる公爵。

「間違いありません！　ニーナ様、レミィ様もご一緒にいられるとのことです！」

「ぜ、全員が無事なのか……⁉　これは……奇跡だ……」

ついさっきまでなんの情報もなかったのだ。

急展開どころか、この街に帰還《きかん》したという情報に、今まで積もりに積もった心配が霧散《むさん》する情報に、もう全身の力が抜けたように椅子《いす》に腰を下ろす公爵。

「そ、それで……ど、どのようにして、我が娘は……」

「報告によりますと、漆黒《しっこく》の装備を身に纏《まと》った者が一人で救出に向かい、救助されたそうです！」

「装備？　それはトレジャーハンターか！」

「申し訳ありません。素性《すじょう》はまだ不明で……」

「そ、そうか……。すまん。それも当然か」

「そして、耳を疑う情報が一つありまして――」

「ん？」

「今現在、カレン様はお一人で歩けており、ニーナ様も目がお見えになれており、レミィ様もご健康になられている、と……」

「ン⁉　ハ、ハァ⁉」

そんな今までに上げたこともない公爵の声が、屋敷全体に響くのだった。

第二章　街中

Yarikondeita game sekai no akuyaku mob ni tensei shimashita

「本当、ゲームの中そっくりっていうか……一緒だな」

街に入った先にある大きな噴水。

石畳《いしだたみ》で整備された道。

木組みの家々とオレンジ色で統一された屋根。パステルカラーのカラフルな壁面。

記憶通りの光景で、城壁に守られたアルディア街を歩きながら、こんな独り言を漏《も》らす男がいた。

（あ、あそこは相変わらずの存在感だな……）

ここからでも見える。中心部に聳《そび》え立つトレジャーハンターの協会。

ゲームをプレイしていた時は、毎日のように出入りしていた建物であり、こうして実際に目にして見ると、馴染《なじ》んでいないような若干の違和感もある。

（どうせならいろいろ見て回りたいが……さすがに体力の限界だな。それに——）

街に入った瞬間から感じていた。

ただならぬ視線の束《たば》を。

その視線はすぐに外れるのではなく、頭から爪先へと行き来している。

『な、なにか？』と言うようにそちらに顔を向ければ、目を合わせてはいけない者と認識されているように、そっぽを向かれてしまう。

（一応はレアアイテムだから、目立って見えてたりするのか……？　中心部に行けば防具を着た人はたくさんいそうなもんだけどなぁ）

あの三人を無事に送り届けるため、少しでも戦闘力を高めるため、なにより安全性も増すため、ツリーハウスにあったこの装備を着たものの、これだけ注目されてしまうのは勝手が悪い。

「はあ。とっとと宿に向かおう……」

金袋を叩《たた》いて金銭を確認する男は、宿屋が並んでいるはずの北西に向かって歩みを進めていく。

そんな矢先だった。

「わあー！　すごーいっ！」

「ッ！」

はしゃぎ声が聞こえたと思えば、片足に小さな衝撃《しょうげき》が走る。

反射的に見れば、なぜか右足に抱きついている女の子がいた。無論、記憶にもない子だ。

「え？」

辺りを見回しても親らしき人物は見当たらない。

動揺《どうよう》を露《あら》わにする男だが、防具で顔が隠《かく》れているだけに周りに気づかれることはない。

「おにいちゃん！　とれじゃーはんたーさん⁉」

「え、えっと……まあそんなところだ。うん……」

舌足らずの女の子は、目をキラキラ輝かせながら聞いてくる。

実際にトレジャーハンターでもなんでもない男だが、防具を着ている身。こうでも言わなければ変な人に映ってしまう。

「やっぱりー！　わたちのパパもね、むかしはとれじゃーはんたーしてたんだって！　ゆうめいだったんだって！」

「おー……」

「でもね！　いまもあそこでおしごとしてるの！　ママもあそこでおしごとしてるの！」

「そっかー……」

女の子が指をさすのは、中心部に聳《そび》え立つ建物——トレジャーハンター協会だった。当然こんなことを教えられても困るだけ。当たり障《さわ》りない返事をしながら再び周りを見渡すも、親らしき人は相変わらず見つけられない。ただ、その代わりとして気づいたことが一つ。

このやり取りを見ている住人が青白い顔になっていること。

（いや、こんなことで怒ったりしないんだが……）

顔が見えないからこそ、感情が読み取れないのだろう。

加えて武器を身につけているからこそ、『怒らせたらまずい』という認識があるのだろう。

「ねっ！　おにいちゃん、だっこ！」

そんなことはつゆ知らず、女の子は小さな腕を伸ばして唐突《とうとつ》な要求をしてくる。

「だっこ！」

「あ、うん……」

両親がトレジャーハンター協会で働いていることで、同業者によくお願いしているのだろう。

女の子の要望を叶《かな》えるように抱っこをし、ようやく話の主導権を握《にぎ》ることに成功する。

「君のママかパパ……どこ？」

「あそこ！」

女の子が次に指さすのは、露店《ろてん》で買い物をしている女性。母親が少し目を離した隙《すき》にトコトコ来たのは予想するまでもなく、女の子を抱《かか》えたまま母親の元に向かっていく。

「あのー、すみません。お子さんが……」

「ひっ⁉　……えっ！」

防具を着た者がいきなり声をかけたのだ。ビックリした様子を浮かべた母親だが、抱えた子どもにすぐ気づいた様子。

「ママー！　おにいちゃんにだっこしてもらった！」

「い、いつの間に……って、コラ！　離れないように何度も言ってるでしょ⁉　いいから早く降りなさい！　ご迷惑でしょ⁉　あの、本当に申し訳ありません！」

謝罪に対して小さく首を振り、女の子を下ろす。

「とりあえずその、ママの言うこと聞かないとダメだぞ」

「はーい！」

膝《ひざ》を折って目を合わせながら言うも軽く返される。

絶対にわかっていない様子だが、子どもはこのくらいわんぱくな方がよさそうでもある。

「この度は本当にありがとうございました。普段から気をつけてはいるのですが……」

「まあ……何事もなかったですから。それじゃ、俺《おれ》は用事があるので」

「あ、あの！　せめてお名前を！　トレジャーハンターの方ですよね⁉」

「名前は……ああ、大したことはしてないですから。それでは急ぎですので」

「ばいばいおにいちゃん！　だっこありがとうね！」

女の子から大きく手を振られ、軽く振り返しながらこの場を去っていく。

（そういえば、今まで誰《だれ》にも名乗ってなかったな……。本名か、適当か、どうしようか……）

複雑な事情があるだけにすぐ答えられなかった男は、頭を働かせながら宿に向かうのだ。

＊

無事に宿に着いた男がすぐ、泥《どろ》のように眠りについた時のこと。

「よかった……。本当によかった……」

「そ、そんなに泣かなくてもいいじゃないの……。まったくもう、いつまで泣いているのよお父様は」

豪華絢爛《ごうかけんらん》な内装がされた屋敷内で――父、ディゴート公爵《こうしゃく》に対し、引き気味の娘、カレンがいた。

そんなカレンは両肩に置かれた手を払うことなく、眉《まゆ》をしかめて言うのだ。

「お父様の威厳《いげん》がなくなっちゃうわよ……？　使用人に見られてしまったら」

「今だけはよいではないか……。本当に心配したのだぞ」

「どんな時も堂々としたお父様を尊敬しているのに。あたし」

「す、すまん。そうだな……。そうであったな……」

皺《しわ》のある手で涙を拭《ぬぐ》う公爵は、ゴホンと大きな咳払《せきばら》いをして椅子《いす》に腰を下ろす。

目は充血したままだが、その様子はもう普段と変わらないもの。

上手な取《と》り繕《つくろ》いを見るカレンは、ふっと笑みを浮かべながら、こちらも椅子に座る。

「本当に……治ったのだな」

「ええ、ビックリしたでしょ？　無事に帰還《きかん》したかと思えば、不自由だった足まで治っているのだから」

右足を難なく動かすカレンは、どこか照れくさそうに赤色の髪を人差し指で巻く。

「あの万能薬《ばんのうやく》をいただいたのだな……。我が権力を駆使《くし》して何年が経《た》っても見つけることができなかったあの薬を……」

「本当、それを知ってただけに理解が追いつかなかったわよ。当たり前の顔をしてポンポンと万能薬を出してきたんだから。躊躇《ためら》う様子を見せることもなく」

しみじみと言う父親に、当時のことを鮮明に教えるカレン。

「それだけじゃないの。見返りを求めることもなく、お礼を……なんて伝えても『いつか返してくれ』なんてふざけたことを言ったのよ？　あたしが公爵の娘だって知らないはずないのに、本当、あり得ないわよ」

「そうか……。彼ほどの誠実さと強さを兼ね備えた人間を、今後見ることはないだろうな」

「ひ、否定はしないわ」

ディゴート公爵は知る由もない。カレンは特に知る由もない。

足の不自由が治り涙を流していた最中、『無事に送り届けられたら、どんなお礼をしてもらおうかねえ』なんて軽口を言っていたことを。

『いつか返してくれ』なんて言ったのは、一刻も早く体を休めたかっただけだと。

公爵家の出だと知ってすらいないことを。

「もう一度確認なのだが、カレンを救った彼は、諜報員《スパイ》と名乗ったのだな？」

「口が軽かったわけじゃないわよ？　あたし達のために素性《すじょう》を明かしてくれたの。あの人から聞いたわ。お父様が救援を出してくれたのでしょ？」

「無論、そのような手は回していたが……その者と繋《つな》がりがあるのならば、不安に襲《おそ》われることもなく、あの万能薬すらも早期に入手できていただろうな」

「っ！」

この意味深長な言葉でカレンは察する。父親と彼の間になにも関係がないことを。

「で、でも！　あの人は『親御さんに感謝しろ』って……」

「これはあくまで推測でしかないが、帰還するための精神的支柱とするためだろう。その言葉を聞いただけで、いくらか楽になったのではないか？」

「……」

返す言葉もないほど正論だった。実際、親と関係がある人物だと信じた瞬間から大きな安心感を得ることができていたのだから。

「な、ならどうしてあの人はあたし達を救うことができたのよ……。ニーナもレミィもなにも知らない様子だったわよ？」

「諜報員《スパイ》という生業《なりわい》からするに、犯罪組織、レッドフリードの情報を予《あらかじ》め入手していたのだろう……。だが、彼がレッドフリードを捕らえる役割だったのか、カレン達を救助する役割だったのかは定かではない……」

「え？　じ、じゃあもし捕らえる役割だったとしたら……」

「我々としては、そうではないことを願うばかりだ」

「願うばかりじゃなくて、あの人が所属している組織に感謝状を……！　あたしもできることをするから！」

この街に戻ってくるまで、彼はずっと付きっきりだったのだ。

つまり、与えられた任務よりも救助を優先したことになり——当然の罰《ばつ》が下ることになる。

それを少しでも和らげるのが、カレンの言う方法ではあるが、ディゴート公爵は首を横に振る。

「そのようなことをすれば、かえって彼の首を締めてしまうだろう。罰もさらに重くなるだろう……。諜報員《スパイ》というのは、本来誰にもバレてはいけない職種なのだからな」

「そ、それは……」

頭ではしっかり理解しただけに、反論の言葉が出ることはなかった。苦虫を噛《か》み潰《つぶ》したような表情をするカレンだが、すぐにハッとするように目を見開く。

「ま、待って！　今の言い方、お父様は彼が所属している組織はわかってるってこと⁉」

「……二日前にある連絡が届いたのだ。カレン達を誘拐《ゆうかい》したレッドフリードは皆全《すべ》てウェーハ街近辺で捕らえた、と」

「ウ、ウェーハ街近辺……？」

この時、カレンの脳裏によぎる。

『あくまで予想だが、お前達を攫《さら》った敵はウェーハ街付近で見張ってるだろう』

『だからまあ、俺達は逆に遠回りをしようと思う。北にあるウェーハ街じゃなくて、この森を南下した先にある集落を経由するんだ』

救い出してくれた彼の言葉を。

「あの人……悪人がそこにいることわかっていたわ……。わかっていたから、遠回りしたのだわ！」

「……そうか。やはりその出自で間違いない、か」

「えっ？」

「まだ確定はしていないのだが、いや、確定するほど情報は漏れないのだろうが、レッドフリードを捕らえたのは、どうやら帝都直属のヴェルタールらしい」

「っ！　ヴェルタールってあの⁉」

「ああ、犯罪組織の全てが最も恐れるあの組織だ」

ヴェルタール。

その名はこの世に住む誰もが知る治安維持を目的とした帝都直属の暗躍《あんやく》組織。

主に最高位のトレジャーハンターで形成されたと噂《うわさ》されているエリート中のエリート集団である。

「こんなにも辻褄《つじつま》が合っているのだ。もうわかるだろう？」

「あの人がヴェルタールの……一員。だ、だからあの万能薬も持ってたのね⁉」

「でなければ説明がつかん」

「……」

「そして我々が念頭に入れておかなければならないのは、彼があのヴェルタールの中でも指揮する立場にあり、単独行動すら許されている可能性があるということだ……。仮にそうなれば、彼の気分を害すだけで、我々など一瞬で淘汰《とうた》されかねん……。なんせこの街もまた帝都の指揮下にあるのだ。……ヴェルタールの柱と言えるような人物と我々、替えが利《き》かない方はどちらか言うまでもない」

指を重ね合わせながら声を震わせるディゴート公爵。その顔は真剣そのもので、疑う余地すら持っていない。

「よいか、カレン。彼の素性は誰にも明かすでないぞ。諜報員《スパイ》だと軽く身分を明かしたのは、安心をさせ助け出すため。その善意を裏切る真似《まね》だけは絶対にするでない」

「わ、わかったわ」

今まで聞いたことのないような警告の声色に、緊張を滲《にじ》ませるカレンは無意識に肩に力が入っていた。

「……ふう。当たり前のことだが、最大限のお礼をせねばならぬな……。カレン、彼の名はなんと言うのだ？」

「……ごめんなさい、お父様。話題を逸《そ》らされて聞くことはできなかったわ」

「いや、我こそすまん。ヴェルタールに所属しているのだから当然であるな……」

さすがの秘密主義だと納得する公爵。

「この街を訪れていることは確かだ。漆黒《しっこく》の装備で居所を摑《つか》むしかあるまいか……」

お礼は『いつか返してくれ』と言われたらしいが、その言葉に甘えるわけにはいかない。誠意を見せるために必ず探し出さなければならない。

「カレン、リフィアを呼んできてくれるか」

「姉様を？」

「ああ。リフィアにもこの件は伝えておく。彼を見つけた際には二人で誘致してもらうぞ」

「わ、わかったわ」

話がまとまれば、姉を呼ぶためにこの一室を出るカレン。

それからすぐ、一人になった空間で——。

「我が娘を救ってくれた彼が叱責《しっせき》を受けてはいないだろうか……。本来なら願うべきことではないが、柱と言えるような人物ならよいのだが……」

指揮する立場なら、組織内での力もあって叱責も少ないはず。だが、力があればあるだけ、公爵の力を以《も》ってしても、対等にすらなれない相手。

板挟みのような状況に頭を抱えながら、ボソリと呟《つぶや》くディゴート公爵だが、保身の気持ちの方が少なかった。

もし――幻の万能薬を使用したのが彼の独断だとしたら。

幻の万能薬を使用しなければ、皆を帰還することができないと判断したのなら。

お礼を先送りにした理由が、一刻も早くこの件を上に報告しなければならなかったのだとしたら。

希代のアイテムを使ってしまったその責任を、一人で負うことになるのだとしたら。

誠実な彼であることが伝わってくるだけに、一人で全てを抱えてしまうことがあり得るのだ。

「我が娘を救ってくれたその恩……何十年とかかっても必ず返させてもらおうぞ」

アンサージ家、アルブレラ家、互いに同じ結論に至っていることを確信しているディゴート公爵でもあった。

＊

腰が痛くなるほどの深い眠りについたその翌日。

昼に差し掛かろうとした時間のこと。

「め、めちゃくちゃ美味《うま》い……」

「ガハハ、そう言ってくれると嬉《うれ》しいぜ兄《にい》ちゃん」

本名そのままに『カイ』という名で宿屋を取った男は、併設された食事処《どころ》で料理を口に入れていた。

「これを聞くのは野暮《やぼ》だってことわかってるんだが、兄ちゃんが黒の鎧《よろい》を着てたお客さんで……合ってるかい？」

「あ、まあ」

厨房《ちゅうぼう》から声をかけてきたのは、この宿を切り盛りする店主。

カウンター席での独り言を拾われるなんて思ってもいなかったカイは、いつもの口下手を働かせてしまいながらも頷《うなず》いて答える。

「そうかいそうかい！　声が似てるような気がしてな！」

「な、なるほど」

甲冑を着ていただけにバレないと思っていたが、その予想は簡単に外れた。

この世界に転生してからよく思うことがある。

コミュニケーション能力に長《た》けた者ばかりだと。無論、会話をリードしてくれるのはありがたいこと。

「それにしても兄ちゃん、鎧を着てる時とは随分《ずいぶん》印象が違うんだなあ。最初見た時はビビッてたんだぜ？　オレ」

「そうか？」

「圧が尋常《じんじょう》じゃなかったからなあ。それにあの装備は相当な代物だろう？　あんな立派な物はなかなかお目にかかれるもんじゃない。凄腕《すごうで》のトレジャーハンターであるのは明白だ」

昨日、装備を着て宿の受付をしただけに職業を誤解されているが、訂正はしない。

『職なし』というのは言い損である。

「兄ちゃんは他所《よそ》から来たんだろう？」

「まあ……かなり遠いところから」

「どうりで礼儀正しいわけだ。この街のトレジャーハンターは威張《いば》ってるヤツが多くてなあ……。そのせいで喧嘩《けんか》だらけよ」

「は、はは……」

血の気が多いことで有名なトレジャーハンターでもある。

絶対に巻き込まれたくはないという思いを抱き、引《ひ》き攣《つ》った笑みを浮かべながら口に料理を運ぶ。

それからも店主と雑談を共にし、完食に近づいていた矢先だった。

宿の出入り口になっている木製のスイングドアが開かれる。

「失礼。一つお尋《たず》ね願いたいのだが――」

店主とカイは同じタイミングでその声源に首を向ける。

中に入ってきたのは、金の紋章が印された鎧を着た者。

「――この宿に漆黒の装備を着た者が訪れてはいないだろうか」

「……」

「……」

「もう一度言う。この宿に漆黒の装備を着た者が訪れてはいないだろうか?」

「…………店主さん、俺じゃない」

「いや、さすがにそれは無理があるだろ兄ちゃん……」

催促《さいそく》された後、コソコソとやり取りを交わす二人。

「……頼む。匿《かくま》ってくれ」

「無茶言うな!　あれは公爵家の……」

「え、あ、あの公爵⁉　いやその、もしもの時は俺がそう命令していたようにするから、本当に頼む」

心の底からの願いを悟った店主は、答えてくれた。

『残念ながら訪れていません』と。

その5分後。

「一つお尋ね願いたいのですが、こちらの宿屋に黒の装備を身に纏《まと》った者が来られてはいないでしょうか?」

木製のスイングドアが開かれ、修道服のようなドレスに十字の紋章が入った女性が入ってくる。

「……店主さん、頼む」

「ま、待て待て。あれは聖々教《せいせい》の……」

「と、とりあえずもしもの時は俺がそう命令していたようにするから……」

ゲームをやり込んでいなくとも、聞いたことがある名。

心の底からの願いを悟った店主は、もう一度答えてくれた。

『残念ながら……』と。

そのさらに5分後。

「忙しいところ失礼する。こちらの宿に黒色の鎧を着た者が顔を出してはいないだろうか」

木製のスイングドアが開かれ、銀の紋章が印された鎧を着た者が入ってくる。

「店主さん……」

「さ、さすがにもう無理だ……。あれは商業機構の……」

「もしもの時はそう命令してたようにするから……」

心の底からの願いを悟った店主は、再び答えてくれた。

もう一度、『残念ながら……』と。

そして、15分にかけて三難が去り——。

「な、なあお前さん……」

警戒レベルを上げたように、『兄ちゃん』との呼び名を変えた店主は、ピクピクと片側の口角を動かしながら言う。

「お前さんは一体なにをしでかしたんだ……？　三強と呼ばれる権力者が一斉に探していたが……」

「わ、わからない……。探される理由に心当たりがあったらもう名乗り出てる」

心当たりがないからこそ、（怖くて）出られなかったのだ。

一度は三人の少女を助けた件かと思ったが、『お礼はいつか』と直接言っているのだ。昨日の今日でこんな活発に動くはずがない。

「な、なあ。さすがに三強に喧嘩を売るような真似はしてないよな……？」

「それも……わからん。無意識にそんなことをしてたのかもしれない……」

「それだけは洒落《しゃれ》にならんぞ⁉」

青白い顔で目を見開く店主を見て、頭を抱えながら現実逃避を始めるのだった。

治安維持を目的としたエリート集団、帝都直属の暗躍組織、ヴェルタールに所属する彼《か》の者だからこそ、特定に至ることができない。

そんな誤解を加速させて。

＊

そんな翌日の夜である。

「姉様、もういいでしょ？　無理なんかしていないから」

「本当に無理していない？　痛みは本当にないのかしら」

「もう……」

湯浴みを終えたカレンが寝室のベッドに腰を下ろした後のこと。

カレンと同じ赤の髪を持ち、丸みのある垂《た》れ目を持った姉のリフィアに、素足とふくらはぎを無抵抗に掴まれていた。

街に帰還して今日で2日目。その2日とも、心配した顔で同じことをやられているカレンであり――足の悪化を最大限防ぐため、一日も欠かさず何年もストレッチを手伝っていたのだ。

「昨日も言ったけど、本当に大丈夫なんだから」

「あっ……」

無抵抗にしていた脚に力を入れ、ブルブルと動かして掴まれていたその手を解《ほど》かせる。

足が不自由だった頃《ころ》にはできなかったことをしっかり見せつけ、ニッコリと微笑《ほほえ》むカレンである。

「改めてありがとう、姉様。いつも協力してもらったことはこの先もずっと忘れないわ」

「むー。カレンの足の不自由が治ったのは嬉しいことだけど、毎日の日課がなくなって少し悲

しいわ。このお時間、好きだったのに」

「そう言われても仕方ないじゃない。手を借りなくても良くなったんだから」

足の指をグーパーと動かし、完治していることを改めて証明する。

「ま、まあ姉様がどうしてもって言うなら、今後のこの時間は追いかけっこしてあげる」

「ふふふっ、お母様に怒られても知らないわよ?」

「今はまだ大目に見てくれるはずだもの!」

口元に手を当てて上品に笑うリフィアに対し、明るい表情で言い切るカレン。

まだ足が治って間もないのだ。状況が状況なだけにはしゃいでも怒られないというのは一理あることで、足を少しでも動かして楽しむことが一つの恩返しだと考えてもいるのだ。

「それはそうとして――」

ここでムスッとした表情を作るカレン。

「あんなに目立つ格好をしておいて、どうして特定できるような情報が見つからないのよ……。小さな子どもを抱っこしてた情報はすぐ集まったのに……。これじゃお礼が全然できないじゃない」

「本当にお優しい方よね。ご多忙の中でお世話をしてあげて」

「それはそうだけど……とにかくムカつくの。あたし達に居所がバレないようにしてるのは間違いないから」

できるだけ早く会ってお礼をしたい。その想《おも》いを積もらせているから湧《わ》き出る文句。

加えてこう思っているからこそ、その気持ちが溢《あふ》れるのだ。

「ねえ、あの人が万能薬を使ったこと……周りから責められていたりしないかしら。責任を取らされたりしていないかしら……」

「カレンの気持ちはよく理解できるわ。でも、穏便《おんびん》に済んでいることを祈るしかわたくし達にできることはないの」

今回の話や推測は、父親から全て説明されたリフィアなのだ。

ヴェルタールに所属しているのなら、あの薬を複数所有していたことにも納得がいく。

そして、価値がつけられないあの万能薬を三つも使っていいなんて許可が下りるわけもない。

「本当、あの人にはしてやられたわ……。雑な口調で距離を縮めてきたことも、当たり前の顔をして万能薬を出してきたのも、今思えば『個人のもの』だって勘違《かんちが》いさせて、使いやすくするためだろうし……」

危機迫っていた状況も相まって、あの時は気づく余地もなかった。

こうして冷静になれば、『なぜ気づけなかった』のかと、『手のひらで転がされてしまった』のだと思うばかり。

「あの御仁《ごじん》のことだから、組織に所属していることを隠す目的もあったのでしょうね」

「……はあ。お願いだから重たい罰が与えられていませんように……」

ため息を吐《つ》いて呟くカレンだが、その顔に罪悪感は浮かんでいない。――いや、罪悪感を抱かないように意識していた。

彼はどんな責任を問われることも覚悟で、それを悟らせないように助けてくれたはずなのだ。『自分のせいで……』なんて反省してしまうのは、彼の善意に最大限感謝しているとは言えないのだから。

「カレンがそんなに弱気なのも珍《めずら》しいわね」

「う、うるさいわよ姉様……」

ジトリとした目に変えて、すぐに言い返す。

「たったの一人であたし達を助けに来てくれた人なんだから、別にこうなってもいいじゃない……」

「ふふっ、別に悪いとは言っていないでしょう?」

「も、もう!」

空気を変えるためだろうが、突然のからかいに顔を赤くするカレンは頬《ほお》を膨《ふく》らませて恥ずかしさを誤魔化《ごまか》す。

その一方で、リフィアは優しい目に変えて口を動かすのだ。

「マリーとポルカの二人も言っていたけれど、本当に素敵な方よね。危険があったのに身を挺《てい》して助けてくれて、所属する組織からの責任を問われることも覚悟で……。家族として感謝してもしきれないわ」

「え？ 今日お会いしたの？」

「一時間ほどだけどね」

リフィアが口にしたその名。

マリーはニーナの姉に当たる人物で、ポルカはレミィの姉に当たる人物。

そう、彼が助けた残り二人の少女の姉である。

「その時に聞いたお話だけど、ニーナちゃんとレミィちゃんも同じようなお話をしたそうよ」

「同じこと？」

「早くお礼を伝えたいって。早くお会いしたいって。やっぱり考えていることは向こうも同じみたいだわ」

「ふ、ふーん……。まあ一番に思っているのはあたしだけど」

「そこでムキにならないの」

「別にムキにはなってないわよ……」

大人びた容姿から数多くの求婚を受け、高嶺《たかね》の花《はね》とされる三強の姉達。

リフィア・ディオール・アルディ。

マリー・クアリエ・アンサージ。

ポルカ・トラリア・アルブレラ。

そんな彼女らにさえ深読みされ、自ら会いたいと思われるほど好意的に見られている人物は今後これからも現れることはないだろう。

第三章　出会い

Yarikondeita game sekai no
akuyaku mob ni tensei shimashita

「なあお前さん。そろそろ罪を認めて自首したらどうだ？　今ならまだ間に合うだろう」

「ま、待て。自首ってなんだよ自首って」

「ハハッ、冗談だ冗談」

「洒落《しゃれ》にならん……」

今日も今日とて宿に併設された食事処《どころ》で飯を食べる男は、仲良くなった店主とこんなやり取りを行っていた。

「まあオレとしてもお前さんが悪いことをしたとは思ってないが、居所を隠《かく》し続けるのはかえって居づらくなるぜ？　お節介でアレだが」

「居づらくなるって……？」

「有力な情報が摑《つか》めてなくて焦《あせ》ってるのか、お前さんを捜索《そうさく》する動きが激しくなってる」

「え？」

探されていることを知ったその日から、街に出ることなく宿でのんびり過ごしながら蓄積《ちくせき》していた疲れを取っていたカイ。つまり、外の情報を自ら遮断《しゃだん》していたようなもの。

「結果、ありとあらゆる噂《うわさ》が飛びかかってるくらいだぜ？　公爵《こうしゃく》のアルディ家を陥《おとしい》れようとしているだの、聖々教《せいせい》のアンサージ家を穢《けが》しただの、アルブレラ家の商業機構を崩《くず》そうとしただの」

真面目《まじめ》に答える店主だが、気を利《き》かせて胸の内に留めていることがある。

目の前の男のせいで――黒の装備を着るトレジャーハンターが誰《だれ》一人としていなくなったことを。

全《すべ》ては〝捜索されている者〟だと誤解されないように。

「なんかここまで心当たりがないとなると……俺《おれ》以外の誰かとかないか？」

「お前さんしか該当せんだろ」

鼻で笑われる。

「一応聞かせてほしいんだが、もしその噂が本当だった場合……どんな罰《ばつ》が待ってる？」

「一番軽い罰だとしても、この街に立ち寄ることすらできなくなるだろうな。三強が協力すればそのくらい朝飯前さ」

「……」

この街を牛耳《ぎゅうじ》っている権力にはもう唖然《あぜん》とするしかない。

「んなわけで、うちの清掃員が真《ま》っ青《さお》になってたぜ？　お前さんの部屋に置かれた例の装備を見てよ」

「……な、なんか迷惑かけてすまん。お詫《わ》びに宿で協力できることがあったら言ってほしい」

「オレとしては早くこの問題を解決してほしいんだがな？　匿《かくま》う方も心臓に悪《わり》ぃ悪ぃ」

そう言われてしまえば二の句が継げない。

「って責めたこと言ったが、宿は変えない方がいいぞって助言はしておいてやる」

「ん？」

「お前さんの宿泊場所の情報を伝えてくれた者に100万レギルの謝礼をすると伝達されててな。三強全員がそれをやってるから、報告一つで計300万レギルの大金をもらえるわけだ」

「そ、それは間違いなく売られるな。失礼だが……あの装備見た清掃員さんに売られる可能性も」

300万というのはそれだけの大金。むしろ今売られていないのが不思議なくらいである。

遠方から来街＝宿屋に泊まる。

こんな考えで『宿泊場所』の狙《ねら》い撃《う》ちがされているのだろう。本気度が窺《うかが》える。

「まあこの伝達がされたのは、オレ達宿主のみで、従業員にすら伝えることはなぜか禁止されてるんだよな。大っぴらにした方が効率的なのによ」

「い、いいのか？　そんなことを俺に教えたりして……」

「匿ったただけにもう今さらだしな」

眉《まゆ》を上げながら男気溢《あふ》れる返しをする店主である。

「それにお前さん、実はとんでもなく偉《えれ》ぇ人間だろ？」

「な、なんで？」

「あの三強がやけに気を遣《つか》ってるっていうか、配慮しながら探してるのは明白だからな。言葉にするのは難しいが……金を出してるくせに注目を集めすぎないようにしてるっていうか。こう立ち回ってる理由が必ずあるはずだからな」

「ま、まあ全然偉くないぞ？　俺」

「ハハ、どうだか」

実際に偉くもなんともないが、態度を変えないでもらえているのは本当に嬉《うれ》しいこと。

そんな店主を相手に、これから先も迷惑をかけるのは——と、反省する男である。

「……よし決めた。店主さんの言いように、先延ばしにするのはやめる」

「ああ、それが一番だ。っと、これはオレの予想だが、あんまり気負うことはないと思うぜ？　ヤベエことをしたなら、こんな探し方はされてないだろうからな」

『確かに』とも言えるような言葉を聞き、少し気が楽になる。

「それじゃ、あの装備を着て街に出るか……。明日」

「明日かよ」

「もしもの時があるから、今日は観光をする……」

「フッ、なにはともあれいい街だから楽しんできな」

そうして、今後のスケジュールを固めれば、どこかスッキリした気持ちになるカイだった。

仕事場から帰路についている住人。ワイワイしながら料理店や酒屋に入っていく住人。

夕焼けに染まった賑《にぎ》やかな街を眺《なが》めるカイは――。

「ふう、もうこんな時間か……」

目を細めながら満足げに呟《つぶや》いていた。

宿屋から街に出て何時間が過ぎただろうか。

露店《ろてん》の食べ歩きに、買い物に、観光に。

休憩すらも忘れるほどに歩き回った結果、満足すぎる時間を過ごすことができていた。

気づけば空の色も変わり始めていた。

あまり疲労を感じなかったのは、このキャラのテータスが一般人ではなく、トレジャーハンターの平均として位置づけられているからだろう。

（ほぼ記憶にある街並みだけど、これはこれで楽しめたな……）

今回の感覚を例えれば、聖地巡礼をしたかのよう。

この街の空気も雰囲気も、より立体感的で繊細な街並みも、ゲームでは体験できない要素だからこそ、新鮮な気持ちで没入することができた。

「楽しめてよかったな、本当」

（明日は最悪追放だしなぁ。なにも悪いことをした記憶はないけど……）

洒落にならない状況に乾いた笑いを浮かべ、気の重さを紛らわせるように頭を掻《か》く。

「さてと、そろそろ宿に帰るか……」

一つ心残りを挙げるなら、この街の全てを回ることができなかったという点だが、こればかりは仕方のないこと。

宿屋の店主とは話をつけたのだ。『先延ばしにしない』と。

これは迷惑をかけないためにも、駄々《だだ》を捏《こ》ねるわけにはいかない。

「はぁあ……。不安だ」

今日最後のため息。

それでもなんとか気持ちを切り替え、宿屋に戻るために体の向きを変える。

――その瞬間だった。

「あ……」

目にふと映る。

夕日に照らされ、より一層の存在感を放つ時計塔を。

(俺があの塔を一度登ったのも、確かこのくらいの時間帯だったっけなぁ……)

無論、時計塔を登ったのはゲームをプレイしていた時。

当時の記憶と今の光景が合致したからこそ、思い出すこと。

「……」

逆を言えば、ゲームをやり込んだこの男ですら、そのくらいのことがなければ思い出にも残っていない場所。

ＦＲＦの世界はなにもかもの作り込みが凄《すご》く、誰でも登れるように設定された時計塔だったが、全ユーザーに不評な場所だったのだ。

『クソ場』という誰も寄りつかないことで有名だったのだ。

その理由は単純明快。

入場料がかかり、上まで登ってもアイテムが設置されてないどころか、時計塔からの景色も特別感のあるものではなかったから。無料で見られるもっと綺麗《きれい》なスポットが点々と存在しているから。

ただ時間を無駄《むだ》にするような場所であったため、

『なんのために作られたんだ？』

『外観だけでよかっただろ。そもそも時計塔なんかいらねえよ』

『こんなところに容量使うな』

なんてことをボロクソに書かれ、ゲームの評価にまで影響した負の遺産でもある。

「んー。どうせなら最後に立ち寄ってみるかな……。もうこの街に入れなくなる可能性もあるらしいし」

カイとて時計塔に登ったのはアイテム確認の一度だけ。

なんの思い入れもなく、最後を飾る場所には頼りないが、あとは宿に戻るだけなのだ。

言葉にした通り、『どうせなら』という気持ちに掻き立てられる。

(時計塔の中で謎《なぞ》のキャラと会えるみたいな噂もあったけど、結局なんの情報も出てこなかったからなぁ……)

最終的に『なぜクソ場が作られたか』なんて大喜利《おおぎり》に発展していたり、どれだけ面白《おもしろ》いデマを流せるかなんてプレイユーザーの完全なオモチャとなっていた。

「……ま、まあこのゲームを楽しませてもらった身として最後に労《ねぎら》ってやるか……。登れるかは知らないけど」

期待もなにもない時計塔だが、当時のことを懐かしみながら一歩一歩近づいていく。

そして、文句が出てしまったのは——。

「相変わらず高い入場料で……」

時計塔の出入り口に立っていた守衛に1万レギルを払った後、時計塔を登りながらその内壁を叩《たた》いていた時。

(ゲームと同じように、ここを利用する人は本当にいないんだろうなぁ……。守衛さんに物珍《ものめず》しい顔をされたし)

内部に入るが、誰一人として人の気配がない。

入場料を2000レギル程度にすれば、〝微妙な景色〟でも時計塔を登る客は増えるだろうが、そ

ほど。

の5倍もする金額なのだ。

『最後になるかもしれない』なんて思っている男ですら、『もったいない』と感じてしまった
　住民が寄りつかないのは当然だろう。

（……まあ人がいないのは好都合だけど）

混雑しているよりはマシというのは、皆が同意することだろう。

「さて、登るか……」

こんな独り言を口にして何十段もある立派な螺旋《らせん》階段を一歩一歩登っていく。

時間にして一分ほどだろうか。

時計台の展望スペースに無事辿《たど》り着けたその瞬間だった。

「ッ!!」

衝撃《しょうげき》の光景を目に入れる。

気配を消していたように、展望台にポツンと立っていたのだ。

黒のドレスを着た赤髪の女性が。

顔の上半分を隠す仮面をつけ、容姿を隠した一人の女性が。

「……ど、どうも……」

「ごきげんよう」

こんな場所で見知らぬ者と、無言のままに二人きりというのはなんとも気まずいもの。

挨拶《あいさつ》をしてみれば、景色を見るのをやめて返してくれる。

シチュエーションも格好も怪しさしかない女性だが、上品さが窺えるせいで変な感覚に襲《おそ》われてしまう。

（こ、これがゲームの時に設定された謎キャラ……なんてあるわけないよな？）

実際に謎キャラだとしても警戒する。

カイはできる限り彼女から離れ、時計塔からの景色に目を向ける。

その途端《とたん》だった。

「あなたもこの時計塔にはよく来られるの？」

「……た、たまに」

同じように外の景色を眺める彼女から、いきなりの質問が投げられる。

動揺《どうよう》したものの、初対面の相手と無言でいるよりは、会話をした方が気まずさはない。

「えっと、あなたは？」

口下手ながらもなんとか話題を繋《つな》いだ。

「わたくしもたまに、ですね。気を晴らす際にこの場に」

「なるほど……」

「綺麗な景色だとは少し言い難《がた》いですが、風情があってよいですよね」

「ま、まあ」

（全然共感できないけど……）

本心を言わなかったのは、空気を悪くしたくなかったから。

その気持ちを察したのか、言われる。

「仮に1万レギルの価値があるかと問われましたら、わたくしは頷《うなず》くことはできませんけれど」

「なんだそれ」

「ふふふっ」

雑なツッコミが嬉しかったのか、口元に手を当てて笑っている。

どんな仕草に対しても、上品さが滲《にじ》み出ているのは本当に不思議である。

「ふと思えば、この時計塔で誰かとお話をするのは初めてです」

「まあそうなりますよね」

「聞いていいかしら？　あなたはどうしてこんな場所に？」

「同じ理由で気晴らしです」

「ふふ、そうでしたか」

『明日、街を追放される可能性があるから』なんて言うことはできない。

その可能性がなかったら、この時計塔を訪れたりはしていない。

「ちなみにですが、なにか嫌なことでも？」

「わたくしにですか？」

「気晴らしで来てると言ってたので」

「あっ、ご心配ありがとうございます。嫌なことではないのですが、行き詰まっていることがありまして」

「ほう……」

聞いていいことなのか、聞いてはいけないことなのか、初対面の相手だから判断することはできない。

あくまで受け身の態度を貫いていると、問いかけをされる。

「あなたはご存知ですか？　――漆黒《しっこく》の装備を身に纏《まと》った男性について」

「え……」

予想していなかった言葉。一瞬、頭が真っ白になるも、すぐに取《と》り繕《つくろ》う。

「あ、ああ……。なんか最近、話題になってましたよね」

「ええ、たくさんの方々がお探ししている方ですから。わたくしも行える範囲でお探ししているのですが、上手な隠密《おんみつ》をされているので、これといった進展がなにもなく」

「……」

（隠密っていうか、ただ宿から出てなかったたってだけで……。って、この人は俺のことを探し

てる関係者の一人ってことだよな）

この時、棚からぼたもちのような状態であることにカイは気づいた。

信憑性《しんぴょう》のある情報が収集できると。

「個人的にもお会いしたいですのに……」

ボソリと。その声は時計塔の中だからこそ聞き取ることができた。

「ん？　お会い……？　その人ってなんか悪事を働いたんじゃ？」

「悪事だなんてとんでもない！　そのような理由で捜索されているわけではありませんよ」

「そ、そうかそうか……」

この瞬間、抱《かか》えていた不安が一気に霧散《むさん》する。ホッと胸を撫《な》で下ろす瞬間である。

「じゃあなんで捜索を？」

「申し訳ありません。そちらは内密になっておりまして」

「……なら仕方ないか」

内密だからこそより気になってしまうが、『絶対に教えられない』という様子が声色から伝わってきた。

最大限の情報収集はできなかったが、悪い方の捜索がされているわけではないと知れただけで十分と言える。

「早くお見つけしたいものです……。本当に……」

「……」

思い焦《こ》がれるような呟きを耳に入れたその時。

「ぁ、申し訳ありません。もうお迎えが来てしまったようです」

「ああ、そうか」

時計塔から馬車が見えたのだろう、こちらに振り返ってこの言葉を告げる女性。

「それじゃあまた」

「はい失礼いたします」

「──そ、そうだ最後に」

「はいなんでしょう？」

「もしかしたら近々、進展があるのかもしれない」

「あっ、ふふっ、お気遣い痛み入ります。それでは」

洗練された動きでがドレスの両端をヒラッと持ち上げ、腰を曲げる女性は、背を向けて階段を降りていく。

初めて見たその上品な挨拶に目を見張るカイだった。

幕間二

仮面をつけた女性が時計塔から出てすぐのこと。

「あら、今日はカレンがお迎えに来てくれたのね。ありがとう」

「もちろんよ！　こうして外に出ることであの人を見つけられるかもしれないのだし！」

「つまり、わたくしのことはついでってことかしら」

「ど、どっちも大事なことよ。ついでなんかじゃないわ！　って、からかわないでよ姉様」

「ふふっ、ごめんなさいね」

街でよく見る一般的な馬車に乗り込み、備えつけられたカーテンを広げた後。

仮面を取って顔を露《あら》わにするリフィアと、同じように仮面を取る妹《いもうと》のカレンがいた。

「……それはそうと、やっぱり恥ずかしいわ。この仮面」

「そう思っていてもお迎えに来てくれたこと本当に嬉《うれ》しいわ。彼のためじゃなかったらもっと」

「も、もう！　それは忘れてちょうだいよ……」

顔を隠《かく》すこと。特注の馬車じゃないこと。馬を引く御者《ぎょしゃ》は手練《てだ》れの護衛であること。

これも全《すべ》て公爵家《こうしゃくけ》の人間だということを隠すため。

そして、今まで以上に厳重になって帰路の行き先に街に溶け込む護衛らがいる。

「姉様、なにかいいことがあったの？　明らかにからかう回数が多いから」

「それだけでわかるなんてさすがはカレンね。実はあの時計塔で初めて人とお会いしたの」

「えっ、あんな場所で？　それ絶対に怪しいわよ。その人。なにか姉様の噂《うわさ》を聞きつけたんじゃないの？」

ここの住民の誰《だれ》もが思っていること。あの塔を利用するということは異端だと。

リフィアもその一人に当たるわけだが、普段から一人でゆっくりできるような身分ではなく、気晴らしができるような場所がないから、という理由がある。

「もちろん私も最初は身構えたのだけど、お話をしてそうじゃないって気づいたの」

「ふーん。まあなにもなかったならよかったわ」

疑《うたぐ》りのある眼差《まなざ》しのまま返事をするカレン。リフィアのことは無論、大事に思っているのだ。こう警戒するのは当たり前。

「もし下に守衛さんがいなかったら、わからなかったけど」

「ふふ、あの風景を見てなんとも言えないようなお顔をしていたから、ただこの街に観光に来た方だと思うわ」

「あ、それなら問題のない人ね！」

『ただ景色を楽しみにした人』が登ったからこそ浮かぶ表情。女性が登っている噂を聞いたから、なんて下心がないのはこれでわかること。

ふっと目を元に戻すカレン。

「普段は使われない口調で、対等にお話をすることもできたから本当に貴重なお時間だったわ」

「……姉様に無礼よ、それは」

だが、この言葉を聞いてまた目を細めるカレンである。

「でも、カレンなら気持ちはわかるでしょう？　あの御仁《ごじん》も砕《くだ》けた口調を使われていたと思うから」

「……あ、あの人はあの口調がとても似合うだけよ。その観光客と一緒にするべきじゃないわ」

ふんっ！　と腕を組みながらツンツンした態度を露わにする。

短気だと思うだろうが、こうなってしまうくらいに本当に彼のことが気に入っているカレンなのだ。

「その様子だとあの御仁の情報は得られていないのね」

「うん……。お父様曰《いわ》く、もうこの街を出ているのかもしれないって」

「そ、その場合には門衛さんからの情報が伝わるはずでしょう？」

「あの人なら門を介さず城壁を越えるくらい造作もないわよ。身の隠し方からしても、ヴェルタールに属している可能性が高いんだから」

「……」

　便利さをあえて排除していると言っていたのだ。身分確認も恐らくパスされているはずなのだ。

　なにも問題が生じなければ、あり得ない方法で街を抜け出していてもおかしくない。

「一応、私も時計塔で会った方にお話ししてみたのだけど、同じ反応が返ってきたわ」

「あたし達ですらなにも進展がないんだもん……。当たり前よ」

「ただ……気になったことが一つあって、意味ありげなことを言っていたの」

「意味ありげなこと？」

「『もしかしたら近々、動きがあるのかも』って」

「え？」

　眉《まゆ》を寄せながら思い返すように口にするリフィアの言葉を聞き、同じように眉を寄せるカレン。

「ね、姉様。ちょっとだけ聞きたいのだけど、その観光客はどんな人だったの？」

「心に余裕がありそうな素敵なお方だったわよ。目元に傷があったから、トレジャーハンターさんじゃないかしら」

「っ！　姉様、その傷って左側になかったかしら⁉」

「ど、どうしたの？　そんなに大声を出して……」

「いいから答えて！」

ここで必死な形相《ぎょうそう》を見せるカレン。その剣幕に押されるように、リフィアは口を動かす。

「えっと……私から見て右側に傷があったから、確かにカレンの言う通り左側だけど……」

「あ、あの時計台に戻らなきゃ……。戻らなきゃ！」

あわあわと両手を動かすカレンは、すぐ御者に伝えて引き返しを急がせる。

それはもう今までに見たことがない様子で。

「カレン、本当にどうしたの……？」

「あ、あ、あの人も左の目元に傷があるのよッ!! だからあの人の可能性があるの！」

「えっ⁉ ど、どうしてそのことを私に教えてくれなかったの⁉」

「あの人の容姿に関することは、あたしとお父様の秘密だったの！ あの人の容姿が伝われば伝わるだけ、お仕事に支障が出るからって言われていたんだもん！」

ようやくリフィアも状況を摑《つか》み、馬車の中から見える時計塔に視線を飛ばす。

それから無事に時計塔に辿《たど》り着き、急いで上に登ればもう——こうなることを見越していたように、目元に傷のある男は綺麗さっぱり消えていたのだった。

第四章　再会

Yarikondeita game sekai no akuyaku mob ni tensei shimashita

街の中心部に構えるトレジャーハンター協会の中。

『マスター。最近この街に来たっていう漆黒《しっこく》って誰《だれ》なんすか？』

『なんかガチモンでヤベエ奴《やつ》なんだろ？』

『オレのいつもの防具がつけられないんだが⁉　三強に目をつけられてる漆黒のせいで！』

『ねえねえマスター。漆黒さんはいつこの協会に来るの？　クランに招待したいのだけど』

たった数日の間に、支部長はこの手の質問やクレームを一体いくつ受けただろうか。

「はあ……。んなことはオレが知りてえよ。なんでハンター情報がなにもねえんだよ……。こんなんあり得ねえだろ……。どんだけ秘匿《ひとく》になってんだよ……」

こんな文句を漏《も》らすのは、支部長室に腰を下ろすガラグである。

3日前になるだろうか。門衛から連絡が届いたのだ。

帝都直属の重役――暗躍《あんやく》組織、ヴェルタールの人間がこの街に訪れた可能性がある、と。

その者は最上級らしい装備を着ていたと。

アルディ家、アンサージ家、アルブレラ家、三強の娘を攫《さら》った犯罪組織、レッドフリードを相手にたった一人で救い出したと。

さらには仲間の協力を仰《あお》いだのか、今回の犯罪に関《かか》わったレッドフリートを全て捕らえた可能性が高いと。

このような情報が流されるように定められているのは、彼《か》の者に粗相《そそう》を犯す無骨者を極力減らすため。結果、この街にいい印象を持ってもらうため。

トレジャーハンター協会にこの手の連絡が来ることは稀《まれ》だが、これだけの実力があるならば、『トレジャーハンターと並行して活動している』可能性は高く、協会に訪れる可能性もあると考えられた状況だから。

ガラグに課された仕事は、その男の素性《すじょう》を調べることだが——どれだけ探しても見つからないのだ。

漆黒と思われるようなトレジャーハンターの情報が。

最上位であればあるだけ、最難関のダンジョンに挑戦する分、使い慣れた武器や防具を使用するもの。

ましてや今回はレッドフリードと対峙《たいじ》しているのだ。使い慣れた武器や防具を使用してベストな状態で立ち向かったに決まっているが、なにも該当するものがない。

「……こ、これはマジで重役中の重役が出てきたかもしんねえな……」

表には出てこない、出すことをしない、この都市も配下に置く帝都がひた隠《かく》しにした最高戦力が。

どこから情報が漏れたのかはわからないが、この街で大きな影響をもたらしている三強の娘が全員誘拐《ゆうかい》されたのだ。

帝都の力が及んでいるこの街を傷つけたと言っても過言ではないからこそ、見せしめを目的として駆り出された可能性は十分にある。

調べれば調べるだけ、そんな信憑《しんぴょう》性が増してしまう。

『頼むから漆黒にだけは手を出すな。勧誘も接触もなにもかも禁止だ』

それはトレジャーハンター全員に伝えたことだが、正しい選択を取れたと確信できる。

実際、これを守ってもらわなければ困るのだ。

娘から、嫁からとんでもないことを聞いて。

『くろのおにいちゃんに抱《だ》っこしてもらった！』と。

この協会の受付嬢も務める嫁に詳しいことを聞けば……一瞬、目を離した隙《すき》に離れてしまった子どもを、漆黒と思われる人物が助けてくれたと。

全《すべ》ては偶然かもしれない。偶然かもしれないが、重役であればあるだけ、支部長に関する情報は得ているだろう。

『これは貸し一だからな。俺《おれ》に下らないことはさせるなよ』

あの一件で、こう訴えられたかのよう。

『仕事で忙しいんだ。俺の手間を煩《わずら》わせるようなこと、協会員《トレジャーハンター》共にさせるなよ』

血の気のある者達で溢《あふ》れているからこそ、そう警告されたかのよう。

考えれば考えるだけ胃がキリキリする。

『とても優しい方だった』と嫁からは言われているが、その優しさに甘えられるような人物ではない。

本当に重役ならば、人差し指一つで思いのままに圧力をかけることができる人物なのだから。

この街の三強ですら、足元にも及ばないほどに。

「(娘を助けてくれたことは感謝するが) さっさと帝都に帰ってくれや……」

この地位についていたとしても、一瞬で仕事を失わせることができるような恐ろしい者がこの街に訪れたのだ。誰だってこうなる。

そんな弱々しい文句が漏れる支部長室のドアが――バン！　と受付嬢によって開けられる。

「ガラグ支部長！」

「ッ⁉　な、なんだ。ノックくらいしろ」

「も、申し訳ありません！　ですがそれどころではなく！」

「は？」

「漆黒と思われる方が協会に……‼」

「ハアッ⁉」

まるで先ほどの文句すら聞いていたようなタイミング。

「……お、おいおい。本当に勘弁してくれや……」

ここから動きたくない。重い腰を上げたくないが、立場上そうはいかない。

青白い顔で冷や汗を流すガラグは、椅子《いす》から立ち上がって一階フロアに降りていく。

そのフロアをこっそり覗《のぞ》き見れば——受付嬢の連絡通り、いた。

協会内を見渡して、偵察《ていさつ》をしているような漆黒が、大層立派な黒色の防具に、黒色の刀剣を腰にかけ、誰にも絡《から》まれないようにするためか、周りの空気が歪《ゆが》んで見えるほどの重圧を放って。

いつ、どの時間もガヤガヤとしている場だが、今あるのは静寂《せいじゃく》のみ。

強気なハンターも、気性が激しいハンターも、高ランクパーティも、今だけは大人しくなり——協会内にいる者全ての会話が止まっている。

受付嬢の手も、酒を飲んでいる者の手も止まっている。

そこに立っているだけで、この場を支配している漆黒がいる。

戦地に赴いているトレジャーハンターだからこそわかるのだ。

不気味すぎると。

落ち着きがないようにも、緊張しているようにも、まるで初心者が訪れているような雰囲気も感じるが、立派すぎる武器と防具、その圧に大きな矛盾がある。

一言で表すなら、摑《つか》みどころがなにもない。

トレジャーハンターが一番恐れるタイプを持っている。

能あるタカは爪《つめ》を隠すというが、実力をひけらかさなくとも滲《にじ》み出る猛者《もさ》の雰囲気を纏《まと》わせている。

「ど、どうして今日に限って嫁が遅番なんだよ……」

一度顔を合わせた受付嬢の嫁がいれば、漆黒の対応もまだ楽だっただろう。

「マ、マスター……。どうしましょう……。このまま反応を窺《うかが》いますか?」

「んな失礼なことができるか……。オレがいく……。今はそれしかねえ……」

対応を間違えれば一発で首が飛ぶだろう。

脂汗を拭《ぬぐ》うガラグは、苦虫を噛《か》み潰《つぶ》すような表情を見せて漆黒に一歩一歩近づいていく。

「……」

周りからこんなにも注目を浴びたのはいつぶりだろうか。

引《ひ》き攣《つ》る顔をどうにか直しながら漆黒に近づき、生唾《なまつば》を飲み込んで第一声をかけるのだ。

「……よ、ようこそおいでくださいました。アルディア支部、トレジャーハンター協会へ」

その瞬間、『プッ』と吹き出すような笑いが幾つか聞こえてきた。

この手のことは基本的に受付嬢が行う仕事。

ガラグが人前でこのような姿を見せたことはなく、下手《したて》になって丁寧な言葉を使うこともない。

物珍《ものめず》しいがゆえに、仕方がないとも言えることだが――。

（今笑ったヤツら覚悟しとけよ。なにもわかってないくせしやがって……）

洒落《しゃれ》にならない状況だからこそ、人の気も知らない様子だからこそピキッとくる。

実際、高ランクのトレジャーハンター、及びガラグのことをよく知る者は言葉を失っているのだ。唖然《あぜん》としているのだ。

『あのガラグがそれだけ畏《かしこ》まらなければいけないほどの相手なのか……』と。

そして、甲冑《かっちゅう》で容姿を隠した漆黒からの返事はたったの一言。

「……あ、ああ」

少し動揺《どうよう》しているようにも感じたが、気のせい以外にあり得ない。

（やっぱりなにも情報は与えてくれねえか……）

会話を広げる様子が一切《いっさい》ない。

これは口下手のようなものではなく、自身の情報を与えないように立ち回っているからだろう。

この男が帝都直属の暗躍組織、ヴェルタールに所属している人間だという可能性がますます高まっていく。

可能性が高まるに至ったからこそ、なおのこと不親切さを抱かれないよう受け身にならずに動くのだ。

「ほ、今日はどのような用でしょう？」

「ま、まあ……」

「は、はい？」

「まあその……見学だ」

「見学……でしょうか？」

「ダ、ダメだったか？」

「い、いえいえ！　そのようなことは‼」

ガラグだって馬鹿《ばか》ではない。反応を窺いながら同時に頭を働かせる。

（け、見学という名の偵察か……。オレのことを舐《な》めてるのは気に食わんが……）

『見学したい』なんてくだらない理由で協会を訪れる者はいない。今までがずっとそうなのだから。

支部長《コイツ》になら、下手な言い分でも通用するだろう、なんて漆黒から舐められたように感じるガラグだが、ふと冷静になる。

（いや、この様子は……）

考えを改めた途端《とたん》だった。思考を読んできたように漆黒の甲冑がこちらを向く。

『協会《ここ》に伝わってる情報を俺が知らないわけないと思ってるのか。上手《うま》い誤魔化《ごまか》しが必要か？』

なんて問いかけてくるように。

時間が有限であることを誰よりも理解しているからこそ、無駄《むだ》なことはしないと伝えてくるように。

（ほ、本当にとんでもねえな……。全て見透《みす》かしてやがる……）

偶然とは言えるはずのないタイミングで顔を見てきたのだ。こうとしか考えられない。

そして、ヴェルタールの人間だと確信するに至る。

（これが……格ってやつか）

ガラグは昔、トレジャーハンターとして名を上げていた男である。

噂《うわさ》の暗躍組織、ヴェルタールに所属することを夢見ていたが、どれだけ名声を上げてもスカウトを掴めなかった男である。

憧《あこが》れていただけに不満があったが、目の前の漆黒を——本物を見て理解する。まだまだ実力が足りなかったのだと。

（フッ、バケモンだな……）

ガラグは冷や汗を拭いながら、敬意を示す。

『帰ってくれや』という気持ちはそれでも変わらないが、その感情に支配されることはない。

「見学ということでしたら、支部長室も見ていかれますか？」

「……いいのか？」

「はい、思う存分に」

「なら……そうだな。せっかくだし頼む」

「ではこちらへ」

支部長室に入れるのは最上位のトレジャーハンターと受付嬢のみ。そんな特別な場所に腕を伸ばして案内するガラグ。

「……」

「……」

「……」

漆黒が一階フロアから見えなくなるまで無言を貫いていたAランクパーティ。

今、この協会内にいるトレジャーハンターの中で最も高いランクに位置づけられた三人は、大きな息を吐いていた。

「な、なあ。あれどう思うよ。俺はわざと隙を見せて誘ってるようにしか思えなかったんだが……」

「絡んでくる協会員《トレジャーハンター》を、でしょ？　あんなに立派な装備しておいてあの隙の多さだったたから、あえてしていたのは間違いないでしょうね」

「支部長の注意がなかったら、誰か完全に乗ってただろうな……。誰も絡んでこなくて思い通りにいかなかったから、すぐ正体現わしただろ？　あんな圧を出してよ……」

「ガラグさんがあんなに下手に出るくらいだから、暴《あば》れ始めたら手がつけられないんだろうな……」

「それならもっとみんなに情報を教えてもいいような気がするけど……」

「偉い身分なんじゃないか？」

いろいろな意見が出るも、三人には一致していることがある。

『漆黒は完全な戦闘狂』だと。

「俺たちじゃ敵《かな》わないとして……Sランクのアレと戦ったらどっちが強いだろうか」

「そもそもあの人が冒険中で助かったわよね……」

「絶対ぶつかっていただろうからな……。あんなに綺麗《きれい》な顔して戦闘狂だしな……」

予《あらかじ》めハードルを上げられてしまった漆黒だから、連鎖するように誤解を発生させてしまう。

そんなつもりがないのに、わざと隙を見せていると思われてしまう。

――カイは知る由もない。自分がどんどんと不憫《ふびん》な立場になっていることを。

＊

「えっと……いろいろお世話になった」

「いえ。是非ともまた」

「あ、ああ……」

階段を降りて一階フロアに戻った男は、集まっているトレジャーハンターや受付嬢の視線を浴びながら、筋肉隆々の支部長、ガラグに見送られていた。

そんな男は協会を出てすぐ誓う。

（もう絶対来るもんか……）と。

FRFをプレイしていた頃《ころ》、毎日利用していた協会で興味があったから。

身を隠すことをやめると宿屋の店主と約束したから。

捜索者《そうさく》に見つけてもらうために、この装備を着ても浮かない場所はここだと。

こんな理由でお邪魔してみたが、ゲームではあり得ない洗礼を受けたのだ。

協会にいたトレジャーハンターが、殺し屋のような目で睨《にら》んでくるということを。

それも一人ではなく、ほぼ全員から。

今回、因縁《いんねん》をつけられなかったからよかったものの、もし絡まれていたら足が震えていたかもしれない。

（リアルだとこんなに怖い場所だったんだな……）

今回の経験を経て、脳にしっかりと刻み込む。

危ないところには行かない。その自衛をしっかり働かせるのだ。

（てか、支部長ってあんなキャラじゃなかったよなぁ……）

恐ろしい思いもしたが、大きな驚きもあった。

この世界に転生して、〝初めて〟見知ったキャラに出会って。

また、一つ疑問もあった。

ゲーム上では見た目通りの口調の荒さを持っていたガラグだが、今回なぜかそれに当てはまってはいなかったのだ。

(ま、まあそんなこともあるのか？　支部長室に案内されたのも意味わからなかったし)

ＶＩＰのような対応をされたのも正直意味がわからない。

ただ、あの場から助けようとしてくれたのだとしたら……頭が上がらない。

協会内を見渡して誤魔化していたものの、あの睨まれから一刻も早く脱出したかったのだから。

(でも……いい体験はできたか。うん……)

死期を乗り越えた気分で、空を見上げる。

「さてと、これからどうしようかな……。この防具着てると観光どころじゃないんだよな……」

そんな小声を呟《つぶや》き、顔を伏せながら歩いていた矢先だった。

『ガラガラ』という車輪の音と、馬の蹄《ひづめ》が鳴らす足音が聞こえてくる。音が近づいてくる。

「ん？」

頭を上げると、音の根源がいた。

こちらの方向に向かってくる——豪華な装飾が施された特注っぽい馬車が。

一目見ただけでもお金がかけられていること、権力を持っていることがわかる。

（な、なんかヤバそうだなあれ……）

権力というのは恐ろしいものである。それこそ、街から追い出せてしまうほどに。

そんな人物らしき相手に因縁をつけられないのは一番大事なことである。

できるだけ端に寄り、進路を絶対に邪魔しないよう立ち回った時だった。

――なぜかその馬車が目の前で止まる。

（……ん？）

不可解な状況。さすがに恐怖がある。すぐに体を回転させ、距離を離そうとしたその瞬間だった。

「ま、待ちなさいよっ！」

鈴を震わすような、女の声が聞こえてくる。

間違いなく声をかけられている。無視は悪手だろう。

口を噛み締めながら後ろを振り返れば――警戒を解くことができる少女が馬車から降りてきた。

「ちょっと、どうして逃げるのよ！」

綺麗な赤髪をツインテールに結ぶ黒白のリボンに、白を基調とした清楚《せいそ》で高貴さが窺える格好をした、カレン・なんちゃらかんちゃらが。

顔を合わせるのは実に数日ぶりのこと。

「あ……お前だったのか……」

「お前か、じゃないわよ！　カレンって自己紹介したでしょ！」

「そう……だったな」

あの時と見た目が随分《ずいぶん》変わっているだけに接しづらさを感じるが、変わらない性格には安心する。

（あとさ、貴族だったんだな……お前。馬車の側面についてるマーク、それ公爵家《こうしゃくけ》の紋章だよな……）

食事処《どころ》で飯を食べている時に、見たことがある紋章である。

そして今の今まで知りたくなかったことである。無礼な態度を取ったという自覚があるだけに。

「と、とりあえず久しぶりです。カレンさん」

「は？　薄気味悪いわよその口調」

「……久しぶりだな」

「ええ、お久しぶりねっ！」

口調を変えたことにすぐ気づかれてしまった。もう取り返しがつかないこともわかった。

「それはそうと、あなた一体どこに身を潜めていたのよ！　ずっと探していたんだから！」

「ば、買収⁉　……って、あなたなら確かにできることね。あの報酬《ほうしゅう》以上のことできるでしょうし……」

「まあ、店主を買収（的なの）してた」

「その情報は全然入ってこなかったんだけど？」

「まあ、宿」

驚きを見せたものの、なぜかスンとなってジト目を向けてくる。

「え？　なに言ってるんだ？」

「なんでもないわ。どうせ教えられないことでしょうし」

（な、なに言ってんだろ……。本当に）

話に全くついていけない。

眉間《みけん》にシワを寄せながら心当たりを探っていれば、この戸惑いを察したように馬車からもう一人の人物が降りてくる。

「カレン、要件は速やかにでしょう？」

「わ、わかってるわよ姉様……」

「……ぁ」

この時、声が詰まった。驚きと情報量の多さに頭が働かなくなる。

昨日、時計塔で出会った——顔の上半分を仮面で隠した女性と、髪色から雰囲気から言葉遣いまで、瓜《うり》二つで。

カレンから『姉様』という言葉を聞いて。

「ご挨拶《あいさつ》が遅れてしまい、大変申し訳ありません。漆黒様」

ドレスの裾《すそ》を持ち、敬意を示すような挨拶をしてくる。

「私、リフィア・ディオール・アルディと申します。先日の件はどのような謝意をお伝えすればよいのか……お礼の言葉もございません」

「あ、いや……うん」

一度偶然出会っていた相手にこんな挨拶をされたら、カレンの姉だって知ったら誰だってこうなる。

「えっと、今日はどこかに出かける予定……で?」

男がこう促《うなが》す相手は、話しやすいカレンである。

「とぼけなくてもいいわよ。あなたへのお礼がまだだから、都合を確認しにきたのよ」

「本日はお時間に空きがありますでしょうか?」

さすがは姉妹だけあって息の合った言葉を見せてくる。

「もしあると言ったら……どうなる?」

「もちろんお礼を兼ねてあたし達のお屋敷に直行よ。お父様も待っているから」

「じゃあ空きはない」

「……」

「……」

またジト目になったカレンと、予想外というように目をまんまるにするリフィア。

(だ、だって公爵家って……)

こちらは敬語の使い方だって怪しいのだ。

目上に対する立ち振る舞いに自信もないのだ。

救い出したことは事実だが、無礼を働けば『コヤツを処せ！』なんて言われてしまいそうでもある。

しっかりとした理由がある上でのお断りだが、これが伝わることはない。

「ねえ、それ空き絶対あるわよね。協会での用事も終わったんでしょ？」

「たくさんのお礼をさせていただきますので、是非いらしてください」

(なんでその情報まで伝わってるんだ……)

心の中でツッコミを入れた時には、もう立ち回られていた。

予定がないことを確信したのか、右腕を摑んでくるカレンと、左手を摑んでくるリフィアがいる。

「ほら、行くわよ。お礼くらいさせてよね」

「乗り心地のよい馬車もご用意してますので」

「え、ちょ……」

有無を言わさずに姉妹から引っ張られる。簡単に振り解《ほど》くことができるか弱い力だが、相手が相手なだけにそれができない。

その結果――半ば誘拐されるように馬車に連れ去られることになるのだった。

言葉通り、乗り心地のいい馬車の中。

目の前には人形のように顔が整ったカレンとリフィア。

そして、おめかしをしてより一層美しさを際立《きわだ》たさせている二人に正直なことを言う。

「なんか……連行されてる気分だ」

緊張しないように目を逸《そ》らしながら。

無論、甲冑のおかげでそれはバレない。なんとも便利なアイテムだと改めて感じていれば、カレンがスラスラと反論してくる。

「とかなんとか言って、こうなることは予想してたくせに。装備《それ》をつけて街に出ているのが証拠。なにやら情報も漏らしてたみたいだし」

「お礼させていただけることを含《ふく》め、こちらの面目を立てていただきありがとうございます。捜索に関わった者がなんの成果も上げられないというのは、当家の格が下がることにも繋《つな》がりまして」

「……ま、まあそうだろうな」

リフィアの返事に利口ぶってみるも、そんなことは全く知らない。

面目を立てるような行動を取っていたことすら知らなかったカイである。

そもそも捜索の圧に負け、ごく自然に叩《たた》き出されただけである。

「あの、気分を害されたりはしておりませんか？　大変お忙しい中、たくさんお気遣いいただいておりますので」

「……いや」

「案外心が広いものね、あなたって」

「一言余計じゃないか、それ」

狙《ねら》ってやっているのかはわからないが、いいタイミングで口を挟んできて、上手にクッション役になっているカレン。

気配り役は姉のリフィアに全任しているようで、もしかしたらお互いがどのように立ち回るか話し合っていたのかもしれない。

「ね、ねえ。今のうちに一つ聞いておきたいことがあるんだけど……」

なんて思ったら、急に改まるカレンがいる。

「ああカレンこそ薄気味悪いぞ。そうやって畏まるのは」

「し、失礼ねっ！　ならこの態度で言ってあげるわよ！　ふんっだ」

「それで頼む」

丁寧な態度になればなるだけ『公爵家』の文字が頭によぎるのだ。

接しづらくならないためにも、素を出してもらう。

「で、聞きたい内容って？」

「……えっと、た、単刀直入に言うわ！　あ、あたし達を助けてくれた時のことだけど……あなた使ってくれたでしょ？　幻の万能薬をたくさん」

「まあ」

「だからその……大変貴重なアイテムを一つどころか三つも使ったわけだから……（組織から）怒られたりしたんじゃないの？　そんな理由でゴタゴタしてたから、街に顔を出せなかったんじゃないの？」

おずおずと、どこか恐ろしいものを確認するように上目遣《うわめづか》いで見てくるカレン。

『ならこの態度で言ってあげる！　ふんっだ』なんて言っていた数十秒前の態度はどこへいったのか。

ツッコミを入れたくなるが、話を脱線しないように答える。

「いや、別に。そもそも俺のだし（怒られるってどういう意味だ……？）」

自前と言っても過言ではないアイテムを使っただけ。

怒られる理由がわからないのは当然のこと。

その一方で、正面に座る姉妹はこの発言に目を丸くするのだ。

「あ、あなたは本当にそれでいいの？　一人で抱《かか》えきって……。ちゃんと言ってくれたら、なにか協力できることがあるかもしれないいじゃない……」

「カレンの言う通り、事のあらましだけでもおっしゃっていただけたらと……」

「…………」

カイはもう何度思っただろう。

『なんでこんなにも話についていけないのだろうか』と。

ただ、それを正直に言えるような空気ではない。

それとなく話を合わせながら、『大丈夫だ』と伝えるのがベストだと判断する。

「……まあその、仮に怒られたにしろ、後悔するような選択はなにもしてないし。薬のおかげで足がちゃんと治ってるなら、それで万々歳だ」

「「っ！」」

なぜか二人同時に驚いている。

「てか、俺のことを気にするより、今までできなかったこととか、我慢してたことを思う存分楽しんでくれた方が嬉《うれ》しいんだぞ？　こっちの問題はこっちが解決するんだし」

「「……」」

次に感動？　しているように姉妹で目を合わせている。

「なにか……変なこと言ったか？（そりゃ言ってるよなぁ……。内容全然理解してないんだから。『なに言ってんだコイツ』ってなるよなぁ……）」

「べ、別に変なことは言ってないわよ」

「漆黒様には本当に感謝のしようもありません……」

「ん？　そうか」

なぜか話が繋がった。

そして心に刺さる言葉があったのか、リフィアからは壮大な感謝の気持ちが伝わってくる。

全くもって心当たりがなく、追及されたら痛い目を見ることがわかっているからこそ、カイはすぐに話題を変えるのだ。

「ああ、そうだ。これずっと言うタイミング窺ってて……。俺から二人に一つお願いがあってな」

「あ、あなたがお願いって珍しいわね……」

「どのようなお願いでしょうか？」

どんな要求をされるのかと真剣な表情を見せる姉妹に伝える。

「俺が二人のお父さん……公爵様と対面した時、もし失礼な態度を取って怒らせた時には、間に入ってほしい。それさえしてくれたら、薬の対価はいらない」

「そ、それ本気で言っているの⁉　幻の万能薬の対価よ？」

「本気も本気だ。俺はただの一般人なんだ。権力が一番怖い」

あの万能薬の価値は十分わかっている。対価は惜しくもあるが、命を保証してもらう以上に優先することはない。

「「……」」

この時、姉妹は以心伝心していた。

『立場を隠すためとは言っても、雑じゃない？』

『誤魔化し方がでしょう……？』と。

顔に書いてもある二人だが、それを気にする余裕はカイにはない。

「そんなわけだから——」

「わかったわ。いくら失礼な態度を取ったとしても、お父様は怒らないと思うけど」

「私も承知しました」

「助かる」

首の皮一枚で公爵の姉と妹《いもうと》を味方につけることができた。これ以上の心強い味方は絶対にいないのだ。

「ね、一応聞いておくんだけど……その甲冑はずっと着けたままなの？」

「あ、ああ。確かに脱がないと失礼……か。最低限の礼儀っていうか……」

とてもとても好ましくないことを突然言われる。

「勘違いしないで。別にそんな意味で言ってるわけじゃないから。ただ勝手が悪いなら……って思って」

「個人的には、お顔を拝見させていただきたくも……」

「え？」

「姉様、それは失礼でしょ」

「も、申し訳ありません！　冗談として捉《とら》えていただけたらと……」

手をパタパタさせながらそんなことを言うリフィアは、ふとした時に熱のある視線を男に向けるのだった。

それに至るだけのキッカケがあって——。

＊

（——なんて誠実な方なのかしら……）

目の前の漆黒様に対し、こんなことを思うリフィアがいた。

口数が少ないため、もしもの時のことを考えて護衛を……と意識を割いているのだろう。

摑みどころのない人物だが、横柄に振る舞う様子もなく、見下す様子もない。

（……カレンがこんなに気に入るのも当然だわ）

トレジャーハンター然《しか》り、名声を得れば得るだけ羨望《せんぼう》の眼差《まなざ》しで見られるもの。

その結果、存在感を誇示するような態度を取る者が多くなるが——目の前の人物は違う。

名声を持っているだろうに、誰よりも力を持っているだろうに、完全に下手に出ているのだ。

さらには凶悪な犯罪集団を相手に立ち向かって、命の危険を冒してまで妹を助けてくれたのにもかかわらず。

恩が大きすぎてこちらは頭が上がらない立場なのに、その弱みに漬け込むこともなく。

(周りの方々から一体どれだけ慕われているのかしら……)

——きっと数えきれないほどだろう。リフィアがそんなことを思っていた矢先。

「緊張してきたな……」

話題を作るためか、弱々しく呟く漆黒様に、構ってほしいカレンが突っかかる。

「緊張してるなんてカッコ悪いわよ。そんな格好もしてるんだから」

「ほーん。そんなカッコ悪い奴に助けられて残念だったなあ」

「はあ……？　そ、それとこれは別でしょ！　そんな恩知らずじゃないわよ！」

「ふふふっ」

帝都直属の暗躍組織、ヴェルタールに所属しているはずの方なのだ。

つまりは帝王に会っているはずの方が、帝王ですらも気を遣っている可能性のある方が、公爵を前にして緊張するはずがない。

構ってほしいとのカレンの気持ちを汲《く》み取り、突っかかられることを見越しているはず。

（本当に嬉《うれ》しいことをしてくれるんだから……）

場の空気を崩《くず》さないように、心の中で呟く。

こう思うのにはもちろん理由がある。

姉妹揃《そろ》って他貴族の相手をすることも多々あるが、その時の相手は決まってカレンに対し、時間を割かないのだ。

それはまだ12歳の妹であって、18の年を迎えるリフィアの方が殿方探しをする時期だから。

無論、相手方にとって仕方がない事情だが……妹が大事なリフィアだからこそ、こうした対応はなによりも嬉しいこと。

『漆黒様に会いたかった』リフィアだが、それ以上に会いたいと願っていたカレンでもあるのだから。

（こんなに素敵な方だから、当家のお礼まで避けようとして……）

本当にビックリした。

『じゃあ（時間に）空きはない』と言った時は。

〝公爵家からのお礼〟と言えば、誰しもが目の色を変えて下心を滲ませるのに、彼はそれ以前のことをしたから。

命を落とす危険もあったはずなのに、お礼の受け取りを渋《しぶ》ったのだ。

『公爵の面子《メンツ》を潰すわけにはいかない』ただその思いで馬車に乗ってくれた。

さらにはカレンの足を治すため、我々が資金を惜しまず長年探し求めていた幻の万能薬のお礼ですら、父を怒らせた時に『間に入ってほしい』という本来はお願いされるまでもないことで帳消しにしようとした。

人によっては価値が測れない、ただでさえ城が立つほどの貴重な薬のお礼がこれなのだ。

こんな性格の持ち主がいるのかというくらいに、本当に好感しか得られない方。

(これからもどうにかして関わっていけないかしら……)

異性に対して初めてだった。このような感情を抱くのは。

カレンは見ての通りである。

「一つご質問なのですが……漆黒様はいつまでこの街に滞在されるご予定ですか？」

「ああ……。そこは気分次第かな」

「いっそのこと、ずっとこの街にいなさいよ。悪い街じゃないでしょ？」

「確かにいい街だな」

『いい街』だと思ってくれていても、はっきりとはしない返事。

(上層部からの指示次第ってことよね……。きっと)

カレンと同じように引き止めようにも、多忙を極めていることは知っている。こればかりはどうしようもできないこと。

彼が動くだけで、カレンのように救われる命もあるのだから。

「……」

残念な気持ちと、手放したくなく、もっと親しくなりたいと思う気持ち。

その感情をぶつけるように、今のうちから彼の姿をしっかりと目に焼きつけるリフィアだった。

第五章　会談

Yarikondeita game sekai no akuyaku mob ni tensei shimashita

馬車を走らせること数十分。辿《たど》り着いた。

見上げるほどの門が立つ公爵家《こうしゃくけ》の屋敷に。

広大な敷地には手入れが行き届いた園庭や、虹《にじ》を作る噴水が花を添えるように設置されている。

見惚《みと》れてしまう光景だが、それよりも驚く光景がある。

門を抜け、玄関と思われる方向に馬車で移動していると――。

「な、なんだこれ」

「我々の敬意です」

「……マジか」

馬車に向かって守衛と思われる人物が一人一人敬礼を。使用人と思われる人物は、スカートを広げて一人一人挨拶《あいさつ》を。

何十人も左右に並び、馬車の通り道を作っていたのだ。

「いや、こんなに気遣う必要はない……ぞ？　身分の高い者が俺《おれ》なんかにこんなことしたら、なにかと問題があるような気もするが……」

「総意で行っていることですから、なにも問題ありません」

とてもそうとは思えないカイに、リフィアは言った。

「もし反発するような者を見かけ次第、こちらでしっかりと対応いたしますのでご安心くださいませ。敬意を払わないというのはそれほどのことですから」

「……そ、そうか」

柔らかい口調に優しい雰囲気を纏《まと》っているリフィアだが……この時ばかりは寒気が走った。

『過《あやま》ちを認めさせるまでお灸《きゅう》を据えますので』

絶対に考えすぎだが、そう目で訴えてもきてるようで。そのくらいの目力で見られている。

助けを求めるように隣《となり》に視線を送れば、『ふふん』とドヤ顔を作っていた。

さすがは姉妹というのか、貴族というのか、リフィアの味方になっているようなカレンである。

――そして、こんなにも手厚い対応はまだ終わらなかった。

「漆黒《しっこく》様。本日は心よりお待ちにしておりました」

「この度は御足労いただき、恐縮であると共に誠にありがとうございます」

「あ、うん……」

『こんなに大きく造る必要はあったのか？』なんて思えるような立派な玄関の前で馬車を降りた時のこと。

守衛長と思われるような男性と、メイド長と思われるような女性が丁寧すぎる挨拶をしてくる。

「旦那《だんな》様、奥様は別室にてお待ちしております。案内いたしますので、ご一緒願います」

この声をかけてくるのは、メイド長と思われる女性。内部と外部の仕事がしっかりと分かれているのだろう。

「じゃあ行ってらっしゃい」

「当家までご同行いただき、本当に感謝いたします」

「……ん？　二人は？」

別れの言葉を放つカレンとリフィアに当然の疑問を抱く。

「あたし達は一旦《いったん》ここでお別れよ。大事なお話をするにあたって邪魔になってしまうらしいから」

「その代わりと言うのはなんですが、隣のお部屋に控えておりますので、例の件が起きた場合にはすぐに対応いたしますね」

「そ、そう……なのか」

これは恐らく父親からの命令だろう。『大人の話をするから』と。

心強い味方がここでいなくなるという、正直予想していなかったこと。

『一緒にいてくれたら助かるのに……』なんて滲《にじ》ませるも、兜《ヘルム》を被《かぶ》っているだけに情けない感情が伝わることはない。

「はあ……。こればかりは仕方ないか……」

誰《だれ》にも聞こえないような小言を漏《も》らした後、守衛長と思われる男性に声をかける。

「あの」

「ハッ！」

仕える人間を間違っているようなハキハキしすぎた返事。目の前にいるのに、耳がキーンとするほどの声をあげる守衛長。

自分よりも絶対に強いはずの男性がこれである。

甲冑の中で顔を引《ひ》き攣《つ》らせながら、腰にかけた刀剣を抜いて見せる。

「まあなんていうか、これを預かってもらえると助かるんだが……」

「ッ⁉」

一時的にとは言え、武器を手放すのは精神的負担がすごいが、目上の相手――それも公爵と対峙《たいじ》する際に危険物を持ち込むのはさすがに挑戦的すぎる。

対面した瞬間、敵対されるかもしれない。怒られるかもしれない。

そんなリスクをなくすには、こうする他ないだろう。

「よ、よろしいのですか？」

「……全員に対して武器を持ち込ませているわけじゃないだろう？　多分……。立場上、どのような相手にも警戒を厳《げん》となすのは正しいことだ」

「ハッ!!　お心遣い、ご教授痛み入ります。それでは丁重にお預かりいたします！」

「あ、ああ……」

絶対に受け取ってもらうため、それらしいことを適当に並べた結果、教授したことになってしまう。

もし間違ったことを教えてしまったとしたら、正しいことじゃないとすれば、自分のことを売ってでも説得を頑張ってほしい……。そう切《せつ》に願う瞬間だった。

「ね、ねえ。しつこいことを言うんだけど、本当にそれ預けていいの？　あなたが裏切るとは誰も思っていないし、この街に送り届けてくれるまでずっと肩身離さず持っていたから、とっても大事なものなんでしょ？」

「まあ大切なものには違いないが、刀剣《それ》がないからって戦えないわけじゃない」

「え？」

「むしろ俺は素手の方が強い」

「ッ!!」

「そうなの!?」

「まあ」

目を丸くしている守衛長と同じような反応をしているカレン。

実際これは冗談でもなんでもない。

この街に辿り着くまでにどの程度武器を扱《あつか》えるのかと試してみたが、ゲームをプレイしていた時のキャラとは能力が違うキャラに転生しているのだ。

さらにはゲームと同じように、両手だけで全身を器用に動かせるわけでもない。

攻撃する前に先手を打たれ、致命傷を負わされてしまう。攻撃したとしても軽々避けられ、反撃されてしまう。

なんて想像が簡単に働いてしまったほど。

武器と武器による戦闘よりも、素手と素手による戦いの方が、まだやれる自信があったのだ。

「あとそうだ、もしこの武器に興味あるなら、守衛長さんの監視のもと握《にぎ》ったりしていいぞ」

「えっ、本当⁉」

「ん。どこにぶつけても刃こぼれしないし、傷もつかないから、欠損の心配もしなくていい」

武器の扱いに長《た》けている守衛長がいなければ、繊細な武器ならば、こんなことは言わない。

最上大業物《おおわざもの》が一つ、黒刀ディラハンド。

ゲームの知識があるおかげで、武器効果の詳細は知っている。

無論、優れた効果を持っているだけに、マイナス補正としてラック値が『変動』となっているが、それは今も昔も気にしてはいない。

「っと、それじゃあ……そろそろ」

脱線した会話にもキリがつく。これ以上の長話は待たせている相手の迷惑にもなるだろう。

権力を持つ者に会うのは恐ろしいが、もう逃げられない。メイド長らしき女性に『案内を』との視線を向ければ、手を玄関に向けて「こちらでございます」と。

そうしてカレン、リフィア、守衛長の三人に手を上げて別れ、公爵邸に入っていく一方——、堂々たる漆黒の後ろ姿を玄関前で見送る三人。

その姿が見えなくなった途端《とたん》である。

「ねっ、あの人の武器！　はいっ！」

守衛長に両手を伸ばしながら、目をキラキラさせて「ん！　ん！」と、ちょうだいを催促《さいそく》するカレンがいた。

「カレンお嬢様、おわかりの通り危険な代物なのでお気をつけください」

「ま、まったくカレンったら……」

女の子としては珍《めずら》しい趣味を持っていることを知っている二人——身内なのだ。

眉《まゆ》を八の字にして呆《あき》れているリフィアだが、キラキラした表情を見てすぐに微笑《ほほえ》む。

妹にはとことん甘いのだ。

「あのねっ、これずっと気になっていたの！　本当に綺麗《きれい》な刀身だから！」

「確かに宝石のような刀身ですね……。耐久性があるようには思えませんが……」

鞘《さや》から抜いてマジマジと観察するカレンと、子どものように惹《ひ》きつけられながら分析を始める守衛長。

「ねえ守衛長、あの人ってどんな戦闘スタイルなのかしら」

「んー、そうですね。あの動きやすそうな防具から推察するに、俊敏に相手を翻弄《ほんろう》させ、相手の技を見破りながら戦う技巧派ではないでしょうか。力で押し切るタイプではないでしょう」

「それは一番厄介《やっかい》なタイプねっ！」

大好きな話題だからこそ、笑顔で言い切るカレン。

テンションがどんどん上がっていく彼女は、漆黒の戦っている姿を想像して真似《まね》するように黒刀の柄《つか》を両手で持ち、刀を上げて――。

「――おっ、重っ……う、あ、うわわあっ！」

「カレン⁉」

「カレンお嬢様⁉」

ただ、構えてみるだけだった。振るつもりもなかった。が、いきなり体勢を崩《くず》すカレン。リフィアと守衛長が慌《あわ》てた声を上げた矢先、重さに勝てず刀が振り下ろされる。

「ひゃっ……」

小さな悲鳴を上げるがままに、その黒の刀身は石畳《いしだた》みの地面と接触――火花を散らしながらバターのように切れ、キィイィンと剣豪が奏でるような甲高い金属音を響かせた。

「……」

「……」

「……」

一瞬の出来事。この事故が過ぎた後、喋《しゃべ》る者は誰もいない。

カレンはゆっくりと刀身と触れた長さだけ深く斬《き》られた石の地面を見て……ぷるぷる震えながら二人を見る。

ただの刀の重さだけで、人の骨すらも簡単に断つほどの切れ味を証明させる光景。

「カ、カレン……今すぐに守衛長に返すのよ……。早く」

「は、はい。姉様……」

「確かに……お受け取りしました……」

か弱い少女がこんな芸当をできるはずがない。幻だと思われるような光景だったが、地面に刻まれた深い斬り跡が現実だと思い知らされる。

防具すら意味をなさない切れ味を持つ黒刀を受け取った守衛長は、冷や汗を流しながら刀身に目を走らせる。

念入りに武器の状態を確かめるが、この刀剣の持ち主である漆黒が言っていた通り、石を斬ったのにもかかわらず刃こぼれ一つなかった。

「……」

帝都直属の暗躍《あんやく》組織、ヴェルタールに所属している可能性が極めて高い人物。

聞いた限りは半信半疑の守衛長だったが、この初見殺しの狂気的な武器を所持している時点で——あろうことか、この武器を以《も》ってしても『素手の方が強い』なんて発言があった時点で確信できる。

間違いなく、その手の者だと。

「……リ、リフィア様、カレン様、諸々《もろもろ》のご報告はどうされましょうか」

「わ、私達からお父様に報告するわ」

「かしこまりました……」

守衛長と引き攣った顔でそんなやり取りを交わすリフィアだった。


それから一時的に守衛長と別れ、そそくさと移動を始める姉妹。

「ね、姉様。やっぱり……」

「ええ、漆黒様の前だから、私達をつかせなかったのでしょう」

それは父に母、そして漆黒の三人が集まる応接室の隣《となり》で聞き耳を立てるため。

——両親と漆黒のやり取りに興味が湧《わ》かないわけがないのだ。

そんな姉妹が耳にするのは、いつものように『よくぞ参られた』なんて威厳《いげん》あるセリフを言う公爵ではなく、『本日はいらして頂き恐縮でございます』というような、謙《へりくだ》った言葉。

公爵という格を落とさないため、周りから嘗《な》められないため、弱みに漬け込まれないため、常に貫禄《かんろく》のある姿を見せるようにしていたが、今日だけは違った。

深々と頭を下げて対応していることは、声を聞くだけでわかるのだ。

「……本当、お父様とお母様に申し訳が立たないわ」

カレンは今回の被害者である。非はなにもないが、貴族社会で親に頭を下げさせるというのは、なによりも不孝とされる行為。

それも公爵という地位に就き、大勢の民をまとめ上げている立場の両親に〝それ〟をさせているのだから。

「……」

『助けてくれた』筋を通すためだけに、似合わない姿を作ってくれている。

言葉にはならない複雑な思いを抱くカレンに対し、

「さて、落ち込んでいる暇《ひま》はあるのかしら。カレンは」

「え……？」

声色を変えてツッコミを入れるリフィアである。

「まずは刀剣でこだわり抜いた石畳みを斬っちゃった件、説明しないとでしょう？」

「あ……」

『そうだった』という表情。

「あたしってば迷惑をかけてばっかり……」

「ふふ、もしかしたら剣豪だと褒《ほ》められるかもしれないわよ？」

「そんなわけないでしょ!?　そ、そもそもなによあの切れ味……！　あんな意味のわからない切れ味が半分は悪いわよっ！　あたし力を入れてもないんだから！」

この手のことを、上手に励ますことはなかなかに難しい話。

非のあることだけ反省させるというシフトに変更させつつ、空気を明るくする立ち回り方は、カレンの扱いを熟知しているリフィアらしいこと。

「……でも、迷惑をかけただけの埋め合わせはちゃんとするわ。たくさんの孝行をして」

「『今までできなかったことをして、我慢してたことを思う存分楽しむこと』も、よ？」

「っ！」

馬車の中で伝えてくれた、彼が嬉しくなることを引用する。

「ね？　落ち込んでいる暇はないでしょう？　漆黒様は隠《かく》していたけれど、恐らく帝王様に怒られてまでカレンの脚を治してくれたんだから」

「う、うん……。姉様の言う通りだわ……」

妹の脚に手を添えて、治ったことを強調させるリフィアは、気持ちを上手に切り替えさせた。

この会話が終わり、再び応接室に聞き耳を立てれば聞こえてくる。

『今回のことで是非、お礼をさせていただきたく……』

『どのようなご要望にでも、誠心誠意応《こた》える次第でございます』

下手《したて》に出ている両親の声と、

『い、いやぁ……』

なんて萎縮《いしゅく》しているように、渋《しぶ》った声を上げる彼の声が。

帝王の直属だろうに、『一般人らしい』演技をしっかりと行っている。欲を出さない姿はさすがだろう。

「ね、姉様……。ずっと気になっていたんだけど、どうしてあの人はお礼を受け取ろうとしないのかしら……。危険を顧《かえり》みずにあたしを助けてくれて、あんなに貴重な万能薬まで使ってくれたのに、なにも対価を要求しないし……。お父様を怒らせるような行動も取っていないから、対価を得るつもりがないのは明白だもの……」

『どうしてそんなに紳士的なことができるのよ……』なんて含《ふく》みがあるような声色。

彼に対し、好感しかないのは目に見えてわかる通り。

リフィアだってカレンと同じ気持ちである。

「漆黒様にとっては、当たり前のことをしただけって感覚なのかもしれないわね」

「お礼を受け取ろうとしない時点で、ただの一般人なわけないのに……」

「ふふ、それはそうかもしれないけれど……」

公爵からのお礼というのは、それだけ魅力的なもの。

勲位《くんい》を授けることも、土地や建物を譲渡することも、贅沢《ぜいたく》して暮らしていけるほどの金銭を渡すことも、結婚を前提とした異性を紹介することも。

現実的なことは基本的になんだって叶《かな》えることができるのだから。

「でも……素敵よね。強い信念を持っていて、下心もなくて、誰にでもお優しいあの方は」

「ま、まあそう思わないこともなくはないわ。ちょっとだけだけど」

口を少し尖《とが》らせながら、素直になり切れていないカレンに微笑みながらリフィアは言う。

「時計塔の一件もあるから、どうにかしてあの方のお顔を拝見できないのかしら。カレンもそう思うでしょう？」

「姉様にだけは見られないようにしてほしいわ」

「なっ！」

同意してもらえると思っていた中の発言。

パチパチとまばたきをしながら、青の双眸《そうぼう》を大きくするリフィアである。

「だって姉様、あの人にえらく熱中してるもの。いつの間にか独占されそうだわ」

「そのようなこと……考えていないわよ」

「もし本当のこと言ってくれたら、目元に傷があること以外の容姿を教えてあげないこともないけど」

「……」

「……」

この言葉に珍しくジト目を作るリフィアと、同じくジト目を返すカレン。

「…………」

「…………」

無言の空間で、姉妹の攻防は何十秒続いただろうか。

「ど、独占するようなことは考えていないわよ……。ただ、あのお方が気になっては……いるけれど」

「ふーん。じゃあなおさら見られないようにしてほしいわ」

「も、もう……！」

別室では露《あら》わになっていた。

独占欲を滲ませるカレンと、顔を真《ま》っ赤《か》にするリフィアの姿が。

＊

──その最中である。

（な、なぜだ。一体なぜなのだ……）

『漆黒』の名の通り、防具を身につけた男を目の前にするディゴート公爵は──想定外の行動を取り続けていた。

彼は我々と同様に下手《したて》に出てきたのだ。

自らも下に出ることで、公爵の格を極力落とさないようにするが如《ごと》く。

（どうしてここまで気を遣ってくれるのだ……）

こんなことをされる道理はない。

100％の恩を受けているのはこちら側なのだから。

さらには巨大な権力を持つ我々が、筋を通すためにつけ込まれる弱みを堂々と晒《さら》しているのだから。

なんでも要求を通せる立場だということがわかっているはずなのに、こちらはどのような要求も呑《の》むしかない立場だということがわかっているはずなのに、欲しいものを強請《ねだ》る素ぶりもない
（――本当に、意味がわからぬ……）

身分が低い者ならば、〝公爵のこんな姿〟を見て逆に恐縮してしまうかもしれない。警戒して様子を見るような立ち回りをするのかもしれない。

だが、彼は間違いなく我々よりも上の立場の人間。

我々が手も足も出ないような後ろ盾があるような人物。

公爵など慎重になるような相手でもないはずなのに、なぜかその手の行動を取ってくる。

仮に立場を隠そうとしている狙《ねら》いがあるならば、素直にお礼は受け取って目立たない行動は取らないはずなのだ。

今まで会った誰よりも好感はあるが、摑《つか》みどころのない不気味さも一番に感じる相手。

こんな対応をされて痛感させられる。

素直にお礼を受け取ってくれていた相手の対応がどれだけ楽だったのかと。

（もしや……我々を試しているのか……？）

そんな疑問を抱けば、深く考えてしまう。

彼の表情は兜で隠れているために、読み取ることもできない。

ただ、今考えられるのはこの一点。一応の辻褄《つじつま》は合うのだ。

『このような者の対応は普段どのように行っているんだ？』なんて確認を。

お礼を遠慮されているとはいえ、なにもしないで帰すというのは、家名に傷がつき、悪い噂《うわさ》を流されてしまう要因。

だからこそ、強い視線を向けられているようにも感じる。

『この手の対応ができていないようだが、公爵であるにもかかわらず隙があるように感じるが？』と。

絶対的な力を持つ帝国君主、帝王と関《かか》わりがあるからこそ、我々の甘い部分が目に入るのだろう。

頭を働かせれば、試しているとの可能性が高いと感じてしまう。

（この立場に驕《おご》っていたと言われたのなら、なにも反論はできぬ、な……）

奥歯を噛《か》み締める。それは我の疎《おろ》かさゆえ。

無意識に固定観念を作っていたのだ。全員が目の色を変えて礼を受け取ってくれると。

悪評を流す者はいない。

強大な権力を我が家を衰退させようと企てる者はもういないと本当に愚かな考えを抱いてしまっていた。

（帝王に順する人間というのは、これほどまでに入り込む余地がないのだな……）

なぜお礼を受ける側がこのようなことをするのか、それは心当たりがある。

『あの万能薬を使ってまで娘を助けてやったんだ。衰退《すいたい》の原因となるような隙《すき》は作るなよ』

そう言ってくれているのだろう。

（本当に情けないものだ……）

長年この地位に就いているのにもかかわらず、返す言葉もない。

だが、反省するばかりではない。彼と出会えて本当によかったと、そうも思う。

隙を埋めるキッカケを作ってくれたからこそ。

「――貴方《あなた》様がお礼をご遠慮なされるのでしたら、我々から提案をさせてください」

「当方の都合で誠に恐縮ですが、沽券《こけん》に関わることでもありますので……」

「……そ、そうか。無理のない程度で任せる」

妻も我と同じ考えに至ったのか、後押しをしてくれる。

そして、その言葉に甘えるわけにはいかない。

公爵のプライドと、彼からの指摘を十分に受け入れて、伝えるのだ。

「所有している別荘に、礼金、我々からの後ろ盾。この三点を持って貴方様にお礼をさせていただきたく」

バンと机に両手を置き、頭を下げる。

娘を助けてくれた恩と、幻の万能薬を使用してくれた恩。

本来ならば全く釣り合うものではないが、今までのやり取りと指摘から、これが最適解だと判断したのだ。

第一に『公爵家が衰退しない程度』のお礼をしてほしい。

第二に仕事をする上で役に立つお礼をしてほしい。

そう伝えていたのだと思って。

「何卒《なにとぞ》お受け取りください」

「……そ、そう……ですか。では、うん。ありがたく」

予想外ともいえるような声で、どこか嬉《うれ》しそうな声が聞こえる。

——無事、正解は示せたようだ。

彼からすれば、別荘はヴェルタールの活動拠点《きょてん》を増やせたようなもの。

我々からすれば、衰退に影響のない許容最高限のお礼で帝都直属の人間との関わりを多少なりに作れたようなもの。

良案だという自信は間違っていなかった。

「で、ではその、本日貴方様にお時間がありましたら、別荘の場所や内部の案内を我が娘に任せたく考えているのですが……どうでしょうか」

「あ、ああ。ご丁寧に感謝する。ではお願いする」

「し、承知いたしました」

――これでようやく話がまとまった。

肩の荷が下りた瞬間で、漆黒もまた雰囲気を柔くしてくれたような気がする。

そうして十分程度の雑談を挟めば、切り上げるにはよいタイミングとなる。

「……では、娘達のいる隣室《りんしつ》へ一旦の案内を頼めるか」

この促《うなが》しに頷《うなず》く妻。

本来ならば使用人に案内させるところだが、最大限の敬意を払うために、正室を充《あ》てる。

「漆黒様、私めとご一緒ください」

「あ、ん……」

妻の背後に続き、応接室を抜けた漆黒。

両開きのドアがゆっくりと閉まれば、「ふう……」と大きなため息が漏れる。

「カレンは本当にとんでもない男に救われたものよ……」

大量の冷や汗が滲んだその額をハンカチで拭《ふ》きながら、窓から外を眺《なが》める。

自身を落ち着かせようとしての行動。

しかし、手の震えまでもそう簡単に収まるものではなかった。

＊

「……はあ、緊張した。緊張したな……」

公爵夫人に隣室を案内された後のこと。

張り詰めた糸が切れるようにソファーに腰を下ろしながら、カレンとリフィアに素を見せるカイがいた。

「『緊張した』なんて言っているけど、とてもそうは思えないわよ」

「防具《これ》を着てるからだろうな、間違いなく」

「ふふ、ゆっくりされてくださいね」

「……助かる」

こちらに気を遣ってくれたのか、ここには顔見知りの二人しかいない。

今後の方針を娘達に伝えた公爵夫人は、この場からすぐに離れてくれたのだ。

「それと別荘まで案内する仕事を二人に作ってしまって申し訳ない。どうせなら一度で済ませたくて」

「あなたに謝られることじゃないわよ。お父様の意向だし、別に嫌々でもないし」

「カレンの言う通りです。たくさん甘えていただけたらと」

「ど、どうも」

責められるどころか、嬉しい言葉に思わず口ごもってしまった矢先である。

「それはそうと、あなたはもうちょっと上手な演技をするべきじゃなくって？」

「……ん？　演技？」

カレンから意味のわからない注意が飛ばされる。

「とぼけちゃって……。お父様からのお礼に対して喜ばない人がいないわけないでしょ、ってこと」

「いや、めちゃくちゃ喜んでるぞ？（お金ももう底をついてたし）」

これはお世辞でもなんでもない。

ただただ公爵様が恐れ多く、遠慮ばかりしていた身に、とんでもない褒美《ほうび》が降ってきたのだから。

もし一人でこの場にいたら、全身を使って何度もガッツポーズをしているほど。

（まあ顔を隠してなかったら、こんな誤解もされてないんだろうけど……）

そんなツッコミを心の中で披露《ひろう》していたら、整った眉を八の字にしたリフィアが、おずおずとした声をかけてくる。

「あの……漆黒様」

「う、うん？」

「このようなことを口にするのは正しいことではないのですが、本当にあのお礼でよろしかったのですか？　今からでも申し立てが……」

「いや、そこはなにも気にしなくていい。これは大人同士で決めたことだ」

カッコつけながら言うも、言うのには二つの理由がある。

（公爵の後ろ盾は意味わからんけど、別荘とお金だぞ……⁉）

申し立てをしたい気持ちがあると誤解されないため。

『申し立てするつもりは全くもってない！』と伝えるため。

不満の『ふ』の文字すらないのだ。そんなにもらっていいの⁉　という気持ちなのだ。

心の底からお礼を死守するための行動である。

「まあその、話は変わるがいい両親だった。親不孝させるんじゃないぞ？　特にお前」

「わ、わかってるわよっ！　って、カレンって呼びなさいって言ってるでしょ‼」

「あまり呼び慣れないんだよ」

「もうっ！」

いくら年下であっても、異性を呼び捨てでは呼びづらいのだ。また、『カレン』と呼ぶと高貴な身分だという現実に襲《おそ》われてしまう理由も。

「てか、逆に二人はよかったのか？　俺に別荘を譲られること。その家に思い入れがないわけじゃないだろうし、なにか思うところがあるんじゃないのか？」

「特にないわよ。いくつもあるもの、別荘は」

「このお屋敷以外は特にですね」

「あっそう……」

予想外の返事に思わずキョトンとしてしまう。

（持て余すくらいなら別荘を建てなくてもよくないか？　本当……）

権力をアピールするために必要なのだろうが、『もったいない』という気持ちが先行する。

さすがの貴族だけあって、この辺は感性が違った。

「ねえ、あたしからも質問いい？」

「ん？」

ご丁寧に手をあげて聞いてくるカレン。

「譲渡される別荘には誰かを住まわせる予定なの？　それとも拠点……みたくするとか？」

「拠点と言えば……拠点になるかな？　とりあえず俺一人で住む予定だ」

「あなたのことだから、愛人の女性とかいるでしょ？　住まわせないの？」

「いや、そんな人はいないが……」

「嘘《うそ》をついちゃって。あなた名声のあるトレジャーハンターでしょ？　独り身になるような身分じゃないじゃないの」

「……？」

ズバリとした言い分に理解が追いつかなかったが、数秒後にハッとする。

（そ、そういえばトレジャーハンターをしてるって嘘ついてたっけ……？）

カレンと出会った当時、『何者なの？』と聞かれ、そんなことを言った記憶もあるような。

「……ま、まあいろいろあるんだよ。そんなわけで独り身だ」

「ふーん」

「漆黒様は恋愛にご興味がないのですか……？」

「いや、そんなことはない」

なぜか食いついてくるリフィア。無論、人並みに興味はある。

「姉様、これは『自分に釣り合う人が見つからない』ってやつよ。……調子に乗っちゃって」

「なんでそうなるんだよ……」

これぱかりは本当に自分の言う通りだろう。

「ねえ、今さらだけど、一人であの別荘に住むのは好ましくないわよ？　手に余るでしょうし、怖いもの」

「手が余る？　怖い？」

「だって規模で言ったら、このお屋敷とあまり変わらないから。そこに一人で住むって怖いじゃないの」

「……え？」

聞き間違いだろうか。今とんでもない言葉を聞いた気がする。

その気持ちを察したように、リフィアが補足を入れる。

「本邸と比べますとお庭は一回り小さいですが、お屋敷の広さは遜色《そんしょく》ないかと」

「ん？　今回もらう別荘って一人で住む用の家じゃないのか？」

「それは別荘って言わないわよ」

「言うんだよ」

広さや豪華さ関係なく、家がもう一つあればそれは別荘である。

（なんか、そんな巨大な別荘を渡されても困るんだが……。てか、そんな豪華な別荘をプレゼントなのに『申し立てができる』なんて言われてたとか……）

もう自分の常識が通用しない。これだから貴族は怖いのだ。

（……）

また、もう一つ思う。

カレンの言う通り、この屋敷の広さと遜色ない別荘に一人で住むのは……確かに怖いかもしれないと。

「じゃあその、俺が留守の日もあるだろうけど、今回もらう別荘にいつでも遊びに来てくれ。それなら手に余ることもない」

「い、いいの⁉」

「よろしいのですか⁉」

「あ、ああ。なんなら合鍵《あいかぎ》を持っててくれ。俺が留守の日も適当に中に入っていいし」

(二人の立場上、毎日来るわけでもないだろうし、なにかを盗むほど困ってるわけじゃないだろうし。なにより——)

広すぎる別荘なら、勝手に入られてもプライベートの空間は揺るがない。

一番は誰かしらお邪魔してくれないと、オバケが住み着いてしまいそうで怖い。

「それなら遠慮なくお邪魔させてもらうわ！」

「私もお邪魔させていただきます」

「そうしてくれ」

自利のために言ったことだが、なにもバレてはいなかった。

そのためにホッとした気持ちで言えるのだ。

「じゃあもう少ししたら別荘に案内してもらおうかな」と。

第六章　不器用な甘え

「本当、こんな豪華な家もらってよかったのか……？　家具とか食器類も全部含《ふく》めて……」

「全《すべ》てはお父様のご意向ですので、本当にお気になさらず」

「あなたって変なところで謙虚《けんきょ》よね。あたしに『お前』とか言ってくるくせに」

「……それとこれは別だ」

カレンに正論を放たれたのは、別荘の案内が済み、応接室に入ってすぐのこと。

「っと、すまん。座ってくれ。もらったにはもらったが、自分の家のように過ごしてほしい」

「さ、最後の点についいては頷《うなず》きかねるのですが……ありがとうございます。それではお言葉に甘えさせていただきます」

手を差し出して促《うなが》せば、リフィアが座る。

(なんでこんな綺麗《きれい》な座り方できるんだろうな……本当)

見よう見まねで同じように座ってみるも、逆に変な座り方になった感覚がある。

一朝一夕で身につけられるものではないことがわかる。

(今の座り方を見られてませんように)

なんて願いながら咳払《せきばら》いをすれば、未《いま》だ立っているカレンに声をかけられる。

「ねえ、すぐに『座ってくれ』って言ったの、あたしのことを気遣ったから？　足が治ったばかりなのに最後まで案内をさせてしまったって」

「……ん？」

なんて一度は首を傾《かし》げるも、カレンの言いたいことはなんとなくわかった。

しかし、こちらはなにも気遣っていない。ただ当たり前のことを言っただけ。

「……言っておくけど、あたしは疲れてなんかないんだから」

「子どもは無理するもんじゃない」

「子どもじゃないわよ！」

「はいはい」

(本当、子どもなのによくできてるんだよなぁ……)

万能薬《ばんのうやく》を使ってもらった側のカレン。その立場として、『いつだって平気な姿を見せないと！』なんて思っているのだろう。

「あの薬はお前を無理させるために使ったわけじゃないんだ。俺《おれ》の前では失礼なくらいでいてくれ。本当」

『公爵家《こうしゃくけ》の愛娘《まなむすめ》に無理をさせていた』などと伝わってしまった時、恐ろしい以外の何事でもない状況だ。

ヒッソリと身震いをしながら言い聞かせる中――リフィアが嬉《うれ》しそうな眼差《まなざ》しを向けてい

たことには気づかない。

「ああそうだ。どうしてもソファーに座るのが嫌だって言うなら、俺の上にでも座るか？　この硬い鎧《よろい》の上に」

柔らかいソファーと、カチカチの黒の鎧。どちらが座り心地がよいのかと訊《き》けば、全員がソファーと答えるだろう。

つまり、前者を選ぶ以外にあり得ないということ。

（我ながら完璧《かんぺき》すぎる……）

自画自賛しながらわかりやすい予想を立てていると、言われる。

「あっそ。じゃあ、あなたの上でいいわ」

「おう……………え？」

疑問の声を口にした時にはもう遅かった。

目の前には小さな背中。「んしょ」なんて掛け声を漏《も》らして、太ももの上に座ってくる。

「待て。どういうつもりだ」

「『座るか？』って言ったのはあなたじゃない」

いい匂《にお》いが漂《ただよ》ってくる。当たり前に寄りかかられる。

「じ、冗談に決まってるだろ……。座りづらいだろ？」

「お尻《しり》が痛くなりそうだわ」

「だろうな……」

一応言っておくと、全く重くない。ただ目の前の視界を赤色の髪でブロックされ、リフィアがあまり見えないだけ。

「よかったわねえ、カレン」

「べ、別に嬉しくなんかないだから」

「ふふ、嬉しいとは問いかけていないわよ？」

「もうっ！」

この時、とある人物の嫉妬《しっと》が込められたやり取りがされていたことは、長年関係がある者でなければ、わからないこと。

全然怖くない姉妹の口喧嘩《くちげんか》を止めず、好き勝手にやらせた結果――。

「そ、そもそもなんであなたは防具をつけたままなのよ。もうあなたの家なんだから、あなたこそ楽にしなさいよ」

いきなり飛び火する。

「……ま、まあなにかあった時にな」

それらしいことを言うも、守れる自信は全くない。正直に言えば外したい。

だが、あの時計塔で会ったリフィアが目の前にいるだけに顔を合わせるのは気まずく、表情を見られてしまえば、ビビりなことも、小物なこともバレてしまうのだ。

ここはカレンを利用して話を逸《そ》らすことにする。

「ちょっ⁉　あ、頭ポンポンするんじゃないわよっ！　子ども扱《あつか》いしないでって言ってるでしょ！」

「じゃあほら、またこんなことされる前にそろそろソファーに座れ。尻痛くなるぞ」

「嫌よ」

「なんでだよ」

そんな二人のやり取りを、じーっと見つめるリフィア。

「はあ。にしても、よく二人に案内を任せたなぁ……。公爵様は」

「と、おっしゃいますと？」

太ももの上に未だカレンが乗る中、この独り言を拾うのもリフィアである。

「普通、この手の案内って男にさせないか？　助けた前提があったとしても、こんな場だからなにされるかわからんだろうし、俺の素性《すじょう》もわかってないだろうし」

危ないリスクがある中、愛娘に任せている公爵である。

謝意を伝えるにしても過剰だと感じる。

「確かに本来ならば任されることはないかと」

「そうねー。素性もわからないものねー」

「だ、だろう？」

棒読みになったカレンだが、興味のない話題なのだろう。

「お父様はなんの考えもなしに動かれるお人ではないので、それだけ信頼に足る人物だと判断されたのだと思います」

「ほう……」

防具で容姿を隠《かく》していたのにもかかわらず、その判断ができたのは、それだけ人を見てきたということか。

（さっきは本当、とんでもない人と対面してたんだな……）

思わず身震いしそうになるが、定位置と言わんばかりに上に乗っている御貴族様がいる。なんとか我慢する。

「そもそも信頼しないわけないいじゃない。あの万能薬まで渡してくれたんだから」

「それも……一理あるか」

「ふんっ」

（な、なんかこう言うのはカレンらしいな……）

納得させることを言わなければ父親の格が上がっていただろうに、と。

それを理解していても伝えてくれたのは、強がっている返事でなんとなくわかる。

「……」

「……」

「……」

少し頭を働かせていると、会話が止まったことに気づく。

無言の中、『ペチペチ』とした音が響いているが、これはカレンが鎧を叩《たた》き、なぜか感触を確かめている音である。

「ああ、そういえば聞き忘れてた。二人はいつ頃《ごろ》帰る予定なんだ？　案内が終わったらすぐに帰ってこいみたいな指令は出てないのか？」

「『日が暮れる前までには』って言われているわ」

「そんなギリギリ攻めたら心配させるだろうな」

一応、時間に余裕を持って帰ってほしいとは思っている。安全のためにも。

「でしたら漆黒《しっこく》様、もしよろしければ夕食は当家でいただきませんか？」

「いや、それは遠慮しておく」

「な、なんで断るのよ。豪華なお食事も出るのに」

「いろいろあるんだ。気持ちだけ受け取らせてもらう」

（本当に勘弁してほしい。それだけは）

公爵一家に混じって食事なんて、お金を渡されても行きたくない。

座り方一つ様になっている二人なのだ。テーブルマナーに関しても完璧の領域に立っているだろう。

そんな空間で食事するというのは恐ろしい以外にない。

「本当に多忙な日々なのですね」

「ま、まあ一応……」

嘘《うそ》をつくのは申し訳ないが、『マナーがない』という醜態《しゅうたい》を晒《さら》したくはない。その場で怒られたくもない。

「……ねえ、一つ言っておくけど、もしこの街を離れる時はあたし達のところに寄っていきなさいよね。いつまでに戻ってくるとかも報告して」

「嫌だ」

「なんでよ!」

(公爵様に会うのが怖いんだよ)

という本心は言えない。

「困ることがあるから嫌なんだ。いろいろ」

不思議なことだが、この二人は引いてくれるのだ。なぜか追及もされないのだ。

『なにかと』や『いろいろ』というような濁《にご》し方をするだけで。

「カレン、こればかりは仕方がないわよ」

「……。じゃあできるだけ長くいなさいよね。この街に」

「それはもちろん。いい街だし、観光《やること》もあるから、しばらくはこの街にいる予定だ」

（まだ俺のことを探している権力者もいるしなぁ……。恐らくあの二人……）

これでもバカではない。なんとなく残りの二強の察しはついている。

「――って、なん……だ？　今のジェスチャは｜？」

「なっ、なんでもございません！」

考え込むように顎《あご》に手を当てた時、視界に映った。

リフィアがカレンに視線を送りながら、大きなボールを両手で掴《つか》むようにして、引っ張り上げるような動きを。

それを見たカレンが、首をブンブンと横に振っている様子を。

「ほ、本当なにしてるんだ……？」

「姉様があたしに指示してきたのよ。『あなたの兜《かぶと》を引っ張り上げてみて』って」

「っ、カレン!!」

「ほ、ほう……。見た目に依《よ》らず……案外強引《ごういん》なところあるんだな」

顔が気になるのはわからないでもないが、タイミング的にも強引すぎる。お淑《しと》やかな容姿をしているだけに意外だった。

「も、もうぅ……。カレンはあとでお仕置きよ……」

「ふーんだ。今のは姉様が悪いじゃない」

小さな顔を両手で覆《おお》いながら訴えるリフィアに、正論を言っているカレン。

立場が少し変わったようだ。

「だ、第一にカレンは漆黒様のお膝《ひざ》から降りなさい。迷惑になるでしょう」

「嫌よ。あたしは提案されたんだから」

「ちょっ……」

左右の手で両手首を摑んできたと思えば、抱きしめる状態を勝手に作るように、自分のお腹《なか》に腕を回したカレン。

それは正しくベルトをするかのように、断固拒否の姿勢を作った。

「お、おい……」

この間、抵抗することもできなかった。手を動かすことで変なところに触れてしまわないか、逆にセクハラだと捉《とら》えられてしまわないか恐ろしかったことで。

そんな気持ちを知る由もないカレンは、ふふんとした顔でリフィアと対峙《たいじ》している。

「羨《うらや》ましいなら、羨ましいって言うべきよ。姉様」

「なっ……。う、羨ましいなんて……」

「……ん?」

ここでチラッと上目遣《うわめづか》いになったリフィアと目が合う。

裏表のない性格なのか、なんとなく感じた。カレンの言う通りなのかもしれないと。

「あ、(なんで羨ましがるのかわからんが……)仮にそうだったとしても、こんな感じのことはやめておいた方がよくないか」

「っ……」

「ちょっと、どうして姉様のことは拒否するのよ」

「あ、いやそうじゃない。そうじゃなくてだな……」

さっきまで言い合っていたカレンも、ここでは姉の味方。

変な誤解を与えてしまったことで、慌《あわ》てて理由を説明する。

「み、見た目からして年頃の娘だろう？　それに……美人でもあって、偉い身分でもあって。

詰まるところ恋人がいるんじゃないか？」

「そういうことね」

納得した声がカレンの口から。次に、ホッとした表情をするリフィアが口を開く。

「おっしゃる通り、お見合いのお話も多くいただいておりますが、未だ独り身です」

「ああ、そうだったのか……。それは意外だ」

「相手側から断念するのよ。姉様にメロメロになって、醜態のようなものを見せて、もう合わせる顔がないって」

「はは、大変だな。それは」

（まあ相手の気持ちもわかるけど）

ある程度の距離感を保ちつつ、顔も隠している。だから堂々とやり取りができているが、

『お見合い』というような場なら、いいところを見せようとして失敗することもあるだろう。

こんなに綺麗な人でもあるのだから。

「だから姉様、ああ見えても甘えたがりなのよ。仲良くなるために歩み寄ろうとしても、殿方《とのがた》に避けられちゃうばかりだから」

「なるほどな」

「カ、カレン。それ以上言うのはもうやめてちょうだい。恥ずかしいわよ……」

(まあ未だ膝の上に乗ってるカレンは人のことは言えない立場だろうけど)

姉妹なだけあって、本質的なところは似ているのだろう。実際、カレンが大人になった時は同じような現象が起こりそうな気もする。

「ねえあなた」

「ん?」

――ここで突然、ひそひそ声で話しかけてくるカレン。

「ちょっとソファーをトントンって叩いてみて」

「……なぜ?」

「いいから」

先ほどの小声とは一変、どこか力がこもった声に押されてしまうカイが、素直に指示に従ったその瞬間だった。

この行動に気づいたリフィアが、『あ』とした表情を浮かべて立ち上がる。

「……ん？」

次にトコトコと足を動かし、おずおずと隣《となり》に座ってきたのだ。

「ね？」

「いや、『ね？』って促されてもだな……」

『甘えたがり』な証拠を見せたかったのは今理解したが、全くもって予想していなかった状況。

公爵家の人間を『こい』というように片手一つで動かしてしまった事実に戦慄《せんりつ》するばかり。

「どうするんだこの状況……」

「このまま話せばいいじゃない」

「ぜ、是非そうしていただけると嬉しく思います」

「え？」

右手の甲に手を置かれながら上目遣《うわめづか》いで言われ、思わず高い声が出てしまうカイ。

「姉様がこんなことまでするの初めて見たわ……」

カレンの独り言が聞こえ、ますます困惑するばかりだった。

そんなやり取りから、一時間が経《た》ち——気づけば夕焼けになる前の時間帯になっていた。

「今日は本当に助かった」

「こちらこそ貴重なお時間を本当にありがとうございました」

「んぅ、お尻が痛いわ……」

「そりゃあんだけ硬い場所に座ってたらな……」

屋敷の外に出て、豪華な馬車に乗る二人と別れの挨拶《あいさつ》を交わす。

「今回のお礼の一つである我々の紋章印は少々複雑なものですので、お渡しが明々後日《しあさって》になるかと思います。その際には改めて私達がお伺いしまして、別途でお屋敷の管理形態などもお話しできたらと思います」

「了解した」

「じゃあ次に会う時まで元気でいるのよ」

「カレンもな」

「ぁ、うん……」

「それじゃ、早く帰って両親を安心させてやってくれ」

「わ、わかったわ！　姉様、行きましょ！」

「ええ。それでは本日はこれにて失礼いたします」

その会話を最後に馬車の扉が閉まり、御者《ぎょしゃ》の手によって馬が歩き出す。

見送りながら手を振れば振るだけ、馬車がどんどんと遠ざかっていく。

「……さてと」

ここでようやく訪れるのは、鎧兜《よろいかぶと》を取れるタイミング。

「はー。スッキリした……」

そんな独り言をボソリと呟《つぶや》いて。

＊

「はあ……。時間を忘れるくらいにあっと言う間だったわね」

「もっと居たかったわよ。正直」

「ふふっ、それは私もよ」

漆黒から見送られる馬車の中で、窓から手を振ってくれる彼に手を振り返しながら、こんな会話をする姉妹がいた。

特にリフィアに至っては、別れ惜しみつつもえらくご機嫌で。

「よかったわね、姉様。あの人から美人だって褒《ほ》められて」

「ええ、本当に……。カレンは名前で呼ばれてよかったわね」

「ま、まあね」

目を細め、コクンと頷《うなず》きながら言葉を返すリフィアと、まんざらでもなさそうなカレン。

「誰《だれ》よりも名声を持っているでしょうに、どうしてあんなにも大らかな方なのかしら……」

「そんな人じゃないとヴェルタールに所属できないんじゃないの？　多分だけど」

公爵家は断定して接している。漆黒が帝都直属の暗躍《あんやく》組織に属している人間だと。

「って、姉様が長く居たかった理由ってあの人の顔を見るチャンスを増やすためでしょ。あんなジェスチャーする姉様を見たのは初めてだったし」

「だ、だってカレンを助けてくださった方なのだし、時計塔で出会った人の可能性もあるのだから……」

瞳《ひとみ》を揺らし、心残りがあるように。

「漆黒様のお顔、いつかお拝見したいものだわ……」

「そ、そんな表情しないでちょうだいよ、姉様。じゃあお家《うち》帰ったら、絵で教えてあげないこともないから」

「そう言ってくれるのは嬉しいのだけど、カレンの絵は個性的だから参考に……」

「なっ、姉様の方が下手でしょ！」

未だ振る手を止めることなく、彼に視線を送り続けながら言い合いを始めた途端《とたん》だった。

なんの前触れもなく——兜に手をかけた彼が、カポッと取ったのだ。

まるで馬車内の会話が聞こえていたかのように、『喧嘩しない』と、言い合いの原因を払うかのように。

彼の行動に気づいたのは、姉妹揃《そろ》って同じタイミング。

「ね、姉様！」

「……」

「姉様？」

同じテンションになるはずの人が、そうなっていない。

カレンは反応のない隣を見る。

そこにいるのは……目を見開いて、小さく口を開けて、石のように固まっている姉。

優しい目元には刀傷があり、若さがあってヤンチャしてそうな——彼の素顔。

予想とは違った漆黒の面を一秒と欠かさずに目に焼き付けるリフィアは、途端に笑い声を漏らすのだ。

「ふ、ふふふっ、まったくあの方ったら……。最後の最後まで私をからかって……」

「え？　あ！　それってやっぱり、時計塔で会った人だったたってこと⁉」

「ええ、間違いないわ」

遠く映る彼を目に焼き付けながら答えるリフィア。

「ねえカレン、私が彼と出会ったことは……偶然なのかしら」

「普通なら偶然なんだろうけどね。姉様が時計塔の景色が好きなことは誰も知らないんだから。馬車だって一般的なものを使っているわけだし」

そう、これは普通ならば。

皆から崇《あが》められている暗躍組織、ヴェルタールならば当然違う。

その組織力は計り知れず、どんな情報でも集めることができると聞く。

「もし私が時計塔に足を運ぶことを知っていたならば、予定が空いている日を教える目的もあって、足が良くなったカレンが迎えに来ることも想定していたのかもしれないわね。あの時計塔なら、カレンの様子も確認できるから」

「つ、つまりあの人はあたしを気にかけてくれたってこと……？」

「そうとしか考えられないわ。すごく優しい方なんだもの」

口数が少なくて、ややぶっきらぼうな人だが、今回を通して人柄をよく理解した。

そうに至るだけの言葉をたくさん聞けたのだから。

貴重な万能薬を独断で使い、上の立場から叱責《しっせき》があったはずなのに、

『俺のことを気にするより、今までできなかったこととか、我慢してたことを思う存分楽しんでくれた方が嬉しいんだぞ？　こっちの問題はこっちが解決するんだし』

と、カレンの罪悪感を払えるような言葉をかけていたのだ。

『あの薬はお前を無理させるために使ったわけじゃないんだ。俺の前では失礼なくらいでいてくれ。本当』

こんな恩に着せない言い方をしていたのを、この手の理由があったからなのかもしれない。

――もしかしたら、時計塔にいたことだって、カレンを攫《さら》った残党がいた時のことを警戒し

てくれていたのかもしれない。

彼は言っていたのだから。

『俺は素手の方が強い』と。

甲冑や刀剣を持っていなくても、戦うことができるのは間違いのないこと。

考えれば考えるだけ、どんどんと可能性が広がっていく。

カレンをこの街まで帰還《きかん》させてくれたその後、居所がなにも確認できなかったのも、周囲の警戒をしていたからだとしたら……。

そう、お礼を遠慮するような人なのだから。

もし、考えていることが全て当たっているのならば……いや、全部当たっていなくとも、一体どれだけの労力をかけたのだろう。

誰にもアピールすることなく、誰にもバレるような行動をすることもなく、一人で黙々と……。

なにも確証はない。ただ、胸は温かくなる。誰よりもカッコよく映る。

「……ね、カレン。早く明々後日になってほしいわね。いろいろ言いたいことが増えちゃったわ」

「姉様、なんか乙女顔」

「こんなにもカレンのこと、考えてくれる方だから……」

自分のことよりも妹《いもうと》のこと。そんなリフィアだからこそ、胸がときめくのだ。

「……だから、もっとお近づきになりたいわ」

「ふーん」

なんて素っ気ない返事をするカレンだが、同じ気持ちを持っている。

そんな姉妹の思いを、一時間後に知ることになるディゴート公爵。

彼《か》の公爵にとって敵《かな》わない存在の漆黒であり、誰よりも気を遣う存在。

ある意味不憫《ふびん》と言えるだろうか、胃が痛くなる日々が迫っていた。

＊

その翌日。

「……お前さんと顔を合わせられなくなるってのも悲しいもんだなあ。昨日帰ってこなかったからそんな予感はしてたが」

「いや、この宿に泊まらなくなるだけで、この食事処《どころ》は利用させてもらうぞ？　今みたいに」

『漆黒』と呼ばれる男は、お世話になった宿を訪れていた。

「そんな気に入ってくれたのか？　ここの料理を」

「ん、めちゃくちゃ美味《うま》い」

「ハハハ、そりゃどうも。またいつでも待ってるからよ」

「助かる」

盛り盛りの料理を口いっぱいに頬張《ほおば》る男。

今日はより美味く感じるのは、『漆黒の宿泊場所の情報を伝えてくれた者に100万レギルの謝礼』が白紙になったことを教えてもらったから。

その結果、気持ちを楽にして食事を楽しめているのだ。

「にしても、次はどこの宿に泊まる予定なんだ？　場所によってはオレの顔が利《き》くところもあるが」

「いや、家をもらったから暫《しばら》くはそこに住む予定だ」

「ん？　おい待て。家を……もらった？」

「なんか遠慮してたら公爵様がくれたんだ」

「ッ!!　マ、マジかよ……」

目を見開く店主は知っている。目の前の客が秘密主義者であることを。

決して口下手で、言葉足らずなんかではないことを。

そんな客であるばかりに、質問しても詳しいことは教えてはくれないだろうことを。

「なんかお礼をしたくて俺を探してたみたいで。本当に大盤振る舞いだよなぁ」

「……だ、だな」

なぜお礼される経緯《けいい》になったのか、やっぱり話してくれない。

それどころか当たり前に振る舞っている様子が不気味さを覚える。

公爵からお礼をされると言うのは、100％の人間が自慢して回るほどのことなのだから。

「お、お前さん……。一応言っておくが、公爵様が別荘をくれるって相当なことだぞ？」

「広いもんな」

「そういうわけじゃなくてだ……な？」

なぜか抜けたところ見えるが、これも秘密主義を徹底している証だろう。

「別荘の数が権力を象徴してるって意味はわかるだろ？　土地がねえと話にならないわけで」

「まあ」

「つまりだな？　その象徴を減らしてでも、お前さんと繋《つな》がる方が得策だと考えたんだぜ？」

公爵様直々に」

「……」

なんとも言えないその返事が、摑みどころのなさが本当に不気味である。

いいヤツだということがわかっていても、そう感じてしまう。

「お、お前さん、マジで何者なんだ？」

「一般人だよ」

「なわけないだろ……」

こんなツッコミをしない人間はどこにもいないだろう。

もっとわかりにくい嘘をついてくれ、と切実に思う。

「……あ、それとこれ。渡すの忘れてた。本当にありがとう」

客はベルトにかけていた布袋をポンとテーブルの上に出す。

「なんだこれ。なんか金の音が聞こえたが……」

「お金だよ。匿《かくま》ってくれたり、アドバイスしてくれて本当に助かった」

「……」

公爵からお礼をされるような人物が頭を下げている。練習をしているはずがないが、なぜか今回は品を感じる。

「……な、なんかお前さんからの金は受け取りたくないんだよな。いろいろ怖くてよ」

「全然怖くないぞ？」

「怖いヤツに限ってそう言うだろ」

「じゃあ『怖い』って言ったら受け取ってくれるのか？」

「それもそれで嫌だな」

『おい』なんて視線を向けてくる客は、この金を本当に受け取ってほしいのだろう。

こう説明してきた。

「ケチな俺だけど、とんでもないことをさせてしまったって思ってるんだよ」

「とんでもないこと？」

「公爵様を相手によく匿ってくれたなって」

「……ハハ、正直冷や汗ダラダラだったぜ？」

「そ、そうだったろうなぁ……」

公爵と顔を合わせただろうか、しみじみと同意される。

これも演技だろうが——。

「——まあ、できる限り客は大事にしたいからな」

「この宿に泊まって本当によかった」

「カッコいいだろ？」

「そう思う」

「いや、冗談なんだからそこは否定しろよ。恥ずかしいじゃねえか……」

この客は本当に摑みどころがない。

ただ、いいヤツであるのは間違いない。礼儀正しいヤツであるのも間違いない。

そんな男は『美味かった』ことを証明するように、すぐに完食させた。

「また来てくれよな」

「もちろん。また来る」

嬉しい言葉を残してくれる男の背中を店主は見送った後。

「さてと」

実は楽しみにしていたこと。

残していった布袋を引き寄せ、客に見せないように中を開ければ、言葉を失う光景を目にする。

「……おい、こいつはマジで言ってんのか……」

すぐに目についたのは、光に反射して輝く硬貨。

震える手で一つずつ取り出していけば、とんでもない金額になる。

1万円の価値があるレギルが10枚。

10万円の価値があるレギルが10枚。

情報提供の謝礼を超える額、計110万レギルが。

「お、お前さんなんでこんな金渡せせんだよ……。一般人が渡せる額じゃねえだろ……。なにがケチだよ……」

この硬貨が全て公爵家からもらった礼金のほんの一部だとは知る由もない店主だった。

第七章　情報交換

Yarikondeita gaame sekai no akuyaku mob ni tensei shimashita

三強の一角に君臨《くんりん》している権威《けんい》、聖々《せいせい》教。

その信者の礼拝堂となっている大聖堂の裏庭では——。

「ちょ、こら。顔触るな」

「……これがお姉さまなのですね」

「アタシが一体誰《だれ》に見えてるんだか……」

この家系を継いでいるニーナ・クアリエ・アンサージは、黒と白の修道服に身を包み、同じ格好をする姉、マリーの綺麗《きれい》な顔を両手でプニプニ触っていた。

「てか、このやり取り何度目だっての」

「えっと……7度目だと思います」

「もうそれワザとじゃん」

「そのようなことはありません」

木綿のように綺麗な白色の髪。丸みを帯びたピンクの瞳《ひとみ》を持つ盲目《もうもく》のニーナだったが、あの万能薬《ばんのうやく》によって視力を完全に取り戻した。

しかしながら、聴覚や触覚で周りの状況を探っていた過去の癖《くせ》が抜け切らないこともあり

──周りが見えるようになった今でもやってしまうのだ。

「それはそうとお姉さま、お口が悪いですよ。足も組んではいけません。綺麗な容姿が台無しです」

「このくらい別にいいでしょー。身内以外にバレたら確かにヤバいけど──」

端正な顔をめんどくさーという表情に変えるマリーは、ここで咳払《せきばら》いを一つ。

そしてスイッチを入れたように、口調、声色、表情を一瞬で変えるのだ。

「──このように取《と》り繕《つくろ》う技がワタクシにはありますし」

別人と言えるその姿を見せると、すぐに戻る。

「──ってさ」

「『ってさ』ではありません」

「たくもー。目が見えるようになってから、なおさらいい子ちゃんになって」

「当たり前のことを口にしているだけですっ」

「たまに気を抜くのは間違ってないから」

「お姉さまの場合は毎日ではないですか」

腰に両手を当てて、ピンクの目を細めるニーナ。

口調は丁寧だが、露《あら》わにする仕草には年相応の部分が見える。

「毎日じゃないって」

「いえ、毎日です」

「んなことないって」

「そんなことなくないです」

お互いに譲らない攻防を見せるも、激しい言い合いにはならない。

それどころか優しい目を向けている姉のマリーである。

日が見えるようになってからは誰よりも明るくなり、毎日楽しそうにしているニーナなのだ。

こんな姿は以前では見られなかったもの。

誰のおかげかと言われたら、あの人物しかいない。

「いやあ、にしても本当にカッコいいことしてくれるよねえー。漆黒《しっこく》さんって男。ニーのことを一人で救ってくれただけでなく、無償で万能薬を使ってくれたんでしょ?」

「はい。それも3つもです」

「すっご」

本当にその言葉しか出てこないマリーである。

「お顔もお心も素敵でしたよ。お姉さまが好きそうなタイプだと思います」

「つまりニーの好きなタイプってことね」

「わ、わたしは目が見えるようになったばかりです。容姿に好みはまだありません」

「それはどうだか」

プイッとあからさまに顔を背《そむ》けるニーナに、にんまりするマリーは追撃を喰《く》らわせる。

「まあニーはその年なんだから、漆黒さんを狙《ねら》うのはやめとき。無償であの薬を渡せるってことは、あのヴェルタールに所属してること間違いないんだし、何百人とライバルがいるだろうしさ」

「いえ、この年だからこそ可能性があるやもしれません」

「好みもないのにムキになって」

「っ！」

手のひらで転がされるように誘導に引っかかってしまったニーナは、また顔を逸《そ》らす。

そんな時だった。

コンコンとノックをされて裏庭の扉が開かれる。

「マリー様、ニーナ様、引き継ぎの方をお願いいたします」

「――はい。お任せください。では参りましょうか、ニーナ」

「は、はい……。お姉さま」

別人のようになって答えるマリーは、からかい顔を一瞬だけ妹に見せる。

そんなニーナは細めた目を返すのだ。

最初に公爵家《こうしゃくけ》が漆黒との話をまとめられたら、次はアンサージ家の番。

三家の中でこの取り決めがされていることもあり、一日一日を楽しみに待ちながらご奉仕に努める姉妹だった。

その三日後になる。

「あ〜。疲れたぁ〜」

椅子《いす》に座り、背伸びをしながら間延びした声を漏《も》らす女性はマリー・クアリエ・アンサージである。

白と黒の修道服を見事に着こなしながら、大聖堂の裏庭でいつも通り寛《くつろ》ぐ彼女だったが、この一人の時間は唐突《とうとつ》に終わりを告げることになる。

「——ほら、またそうやっておサボりして」

「おっ⁉　その声はリフィー⁉　てかおサボりじゃないし。休憩だし」

発言通り声だけで人物を言い当てるマリーは、ツッコミを入れた後に振り向く。

そこに居たのは、扉をほんの少しだけ開けて、顔半分を覗《のぞ》いている公爵家のリフィアである。

「久しぶりー。って、今日は面会の予定入ってなくない？」

「正式な手順を踏んでいなければ、裏庭まで入ることはできないわよ？」

「まあ確かに。あ、ごめん。とにかくそこ座りなよ」

「ありがとう」

こんな姿を見られてもマリーが一切《いっさい》の動揺をしていないのは、一部の人間には知られているから。

信頼している人にだけ素を見せているのだ。

「そういえば妹のカレンちゃんは一緒に来てないの？　リフィー一人だけ？」

「いいえ、外回りを綺麗にしていたニーナちゃんとお話し中よ」

「そっかそっか」

たったこの会話だけでピンと勘を働かせるマリー。

プライベートは常にだらしない彼女だが、一級品の鋭さを持っているのだ。

「二人でここに顔を出しに来たってことは、公爵家は無事あの人にお礼ができたってことで？」

「ええ、つい先ほどお父様からの手紙をマリーのご両親にお届けしてきたわ。だから次はあなた達の番ね」

「ようやくだねえ」

待ち侘《わ》びていた言葉を出すマリーは、呆《あき》れ笑いも浮かべる。

「実はさ、うちの妹が『会いたい会いたい』って毎日うるさくって。めっちゃ気に入ってて」

「ふふっ、それはカレンだって同じよ。私以外に甘えられる人を見つけられたみたいで」

「ほぉん。リフィーにべったりのカレンちゃんが」

「あの子の定位置が漆黒様のお膝《ひざ》の上になっているくらいよ？　注意されても、お尻《しり》が痛くなってもずっと座っていたくらいなの」

「へえ……」

面白《おもしろ》いことを聞いたようにニンマリと白い歯を見せるマリーは、気になることをリフィアに聞く。

「漆黒さんってそんなに人を惹き寄せるなにかを持ってるんだ？」

「それはもう言葉にならないくらいよ。私が今まで出会った方で一番素敵な方だから」

「断言？」

「マリーもお会いすればすぐにわかるわ」

「………珍《めずら》し」

茶化すわけでもなく、本気でそう思っていることを伝えるように微笑《ほほえ》みを浮かべる親友に対し、ボソリと。

「で、会談の際には相当なお礼したの？」

「さて、それはどうでしょう」

「参考までに教えてよー。このくらいいいじゃん」

まだお礼の内容を決めきれていないアンサージ家である。すでにお礼を済ませている公爵家の情報はとても貴重なもの。

お礼の規模感を公爵家に合わせれば、失礼に思われることは絶対にないのだから。

「じ、じゃあ誰にも言っちゃダメよ？　もし他に漏らしたらマリーの素を言っちゃうから」

「わかってるって」

可愛《かわい》い脅《おど》しを口にした後、リフィアは教える。

「小さな声で申し訳ないのだけど、一軒の別荘と謝礼金、あとは当家の紋章印の計3つよ」

「……は、はい？」

マリーが見せるのは、『なに言ってんの？』という眉《まゆ》を顰《しか》めた表情。

「たったのそれだけ？　命助けてもらったのに？　あの万能薬も使ってもらったのに？　さすがにそれはどうかと思うんだけど……」

「わ、わたくしだってそう思っているわよ。でも仕方がないんだもの」

「仕方がなくないって」

「本当に仕方がなかったのよ……。だって漆黒様はお礼を要求するどころか、こちらから提示するお礼すら受け取ろうとしてくださらなかったから」

「いやいや……。はあ⁉」

これればかりは当然の反応だろう。

『至れり尽くせりしてくれたのにもかかわらず、見返りを求めることはなかった』と言っているようなものなのだから。

「さすがに冗談キツいって。そんな人間がいるわけないでしょ」

「……」

「……」

「…………」

聖職者であるマリーの言葉に対し、リフィアから返ってくるのは真顔と無言。

この圧でわからされる。

「マ、マジなの？」

「だ、だから最初から言っているでしょう？『今まで出会った方で一番』だって……」

目を伏せながら、顔を赤くして。

「恥ずかしくなるなら言わなきゃいいのに」

「マリーがそのように言わせるから……」

「はいはい。それはすみませんね」

今まで異性から迫られてばかりのリフィアには、自ら……という免疫はついていない。

照れてしまうのは仕方がないことである。

「それはそうと、漆黒さんって摑《つか》みどころがないタイプなんだね。アタシが驚かされるばかりだし」

「お父様も口にしていたわ『あの方には敵《かな》わない』って」

「あのリフィーパパが？」

「ふふ、最近は頭を抱《かか》えながらいろいろな対策を練《ね》っているわ。また対面する機会がきた時のために」

軽く言うリフィアだが、マリーはしっかりと受け取っている。

「そ、そのくらい準備を整えないと、話の場では対等になれないってこと……なんだ」

「漆黒様の話題になると、一切笑わなくなるお父様だから、強く感じるなにかがあったのだと思うわ」

「リフィーのパパにそう思わせられるってマジの怪物じゃん……」

最初はお礼の順番が回ってくることに喜んでいたマリーだが、この手のことを聞けば聞くだけ身構えてしまう。

「……本当、お互いにとんでもない人に妹を助けられたもんだね」

「そんな方だから、助けることができたって言い方もできるわよ？」

「確かに」

ふっと微笑を浮かべる両者。

そんな二人の瞳にこもっているのは、あの人への感謝の気持ち。

「――で、その漆黒さんはリフィー的にヴェルタールに所属してるっぽい？　いろいろ思うところがあったでしょ？　さすがに」

「それもどうでしょう」

「アタシにそこまで隠《かく》さなくても……」

「……お父様の命令なのよ。『敵に回すような真似《まね》は絶対に取るな』って」

「これからも関《かか》わっていきたいリフィーでもあるから、なおさら敵に回すようなことはできない、と」

「……」

命令云々《うんぬん》だよね？　なんてズバリとしたツッコミに、顔を背けるしかないリフィア。

どんな偶然か、妹のニーナと同じ癖を持っている彼女である。

「じゃあ会った感じはソレっぽいね？」

「……」

「ほぉん。意地でも言わないつもりと」

両人差し指でバツを作り、口に当てるリフィアだが、その様子を見れば答えは一目瞭然《いちもくりょうぜん》である。

「………」

「まあヴェルタールに所属してるなら、困る一方ではあるよね」

「それはお礼の内容という意味で？」

「そうそう。アタシ達よりも強い権力持ってるわけでしょ？　どんな風に組織が回ってるのかは知んないけど、欲しいものなんか基本的に手に入る立場でしょ」

「でも漆黒様は当家の紋章印よりお金を喜んでいたように感じたわよ？」

「いや、それは意味わかんないって……」

お金は働けば手に入れられるものだが、公爵家の紋章印はいくら働いてももらえるものではない。

公爵家が存続する限り、永久的な後ろ盾がつくことになる。なにか困った時には手を借りることができる強力な存在になる。

公爵家がなにかの報酬《ほうしゅう》を得た際には、高価な贈り物も。パーティに参加することもできて、いろいろな輪を作ることもできる。

長い目で見たら紋章印の方が間違いなく魅力的な代物なのだから。

「……あ、でもヴェルタールに所属してる場合、帝王の後ろ盾があるからお金に喜ぶのもまあ不思議ではないのか」

「それだけとは思えないの」

「つまり？」

「孤児《こじ》を含《ふく》め、困っている人を助けられる見立てが増えたから、喜ばれたのだと思うの」

「ええ？」

『そんな善人いる？』なんて疑惑の眼差《まなざ》しを向けるマリーに、ちゃんとした説明を加えるリフィアである。

「だって、お金に困っている人なら別荘をもらっても喜ぶはずだし、あんなに立派な武器や防具を揃《そろ》えられるはずもないし、カレンのことも上手に構っていたからきっと子ども好きなはずだもの」

目を輝かせながら、両手を重ねてもじもじ動かしながら饒舌《じょうぜつ》に語るリフィア。こんな親友の姿は今までに一度も見たことがない。

「そ、そっか。じゃあとりあえずお金は多めに渡すようにして……」

思わず押されてしまうマリーに対し、リフィアは『こほん』と咳払い。

「あのね、マリーはきっと好きなタイプよ。漆黒様のこと」

「は、はあ？　なにいきなり……。それニーにも言われたんだけど……」

「ふふ、さすがはニーナちゃんね」

「て、てかアタシをからかえる立場じゃないでしょ、リフィーは。好きなオーラそんなに出してさ」

「……な、なんのことかしら」

「とぼけるなら漆黒さんにチクっとこ。『リフィーが大好きらしいですよ』って」

「なっ！」

恋に多感な時期の二人。冗談混じりにこんな掛け合いが出るのは自然のこと。

そんな姉同士が話し合う一方で、妹同士も会話に花を咲かせていた。

＊

「わたしもやっと会えるんだ……。楽しみだなあ……」

「最初焦《あせ》ったわよね？　全然見つからなくて」

「それはもう……。目立つ格好をしていたはずなのに、全然見つからないんだもん」

祈るように両手を合わせ、いろいろな感情を滲《にじ》ませているニーナと、同意するように頷《うなず》くカレン。

三強の全員が捜索《そうさく》に乗り出しても進展が得られないというのは誰も想定していなかったこと。

「や、やっぱり幻の万能薬を使ったこと怒られてたのかな……。謹慎《きんしん》になっていたとか……」

あり得る線を打ち出すニーナだが、『やめやめ』と片手を振ってジェスチャーするカレンがいる。

「そんな罪悪感を感じてると呆れられるわよ？　あの人に。『俺《おれ》のことを気にするより、今までできなかったこととか、我慢してたことを思う存分楽しんでくれた方が嬉《うれ》しい』ってあたしに言ったくらいだし」

「……そ、そうだったんだ。ありがとうカレンちゃん。とってもいいこと聞いちゃった」

「ちなみに『怒られたにしても、後悔するような選択はなにもしてない』ってあっけらかんと言っていたわよ。なんか怒られたことが不満だった節さえあったくらいね」

「えっ、えええ……」

権力闘争の最上位に君臨している家系だからこそ、上の者に逆らうということがどれほどのものかということは知っている。ニーナが声を震わせるのも無理もない。

「もしかしたら、怒られるくらいで済むことわかってたのかも？　詳しくは知らないけど、たくさんの実績持ってそうだし、あの組織からしても絶対抜けられたくないだろうし」

「あの方らしいと言えばらしい……のかな？」

「正しいと思ったことは意地でも曲げなさそうではあるわよね」

「ふふふっ」

同意の笑みである。感情豊かにすぐご機嫌になるニーナでもある。

二人はこの街に帰還《きかん》するまで彼と共に過ごしていたのだ。

その時の判断能力や警戒心の強さを知っているだけに、ヴェルタールに所属している、との噂《うわさ》が出た時点で納得の気持ちだった。

「ね、カレンちゃん。あの方はいつまでこの街にいらっしゃるのかわかる……？」

「濁《にご》されはしたけど、この街でやることがあるらしいから、まだ滞在するって言ってたわ」

「……ほっ」

胸を撫《な》で下ろす声。これを聞いた時は、カレンだって同じ気持ちを抱いたものである。

「でも、本当に多忙そうね。お礼をした日、お姉さまが当家のお食事に誘ったのだけど、やることがあるからって断られたもの」

「人助けとかしてるのかな……？」

「街の警備にでも当たっているんじゃない？　夜だと黒い装備は目立たないし」

「……カッコいいなぁ」

目を細めながら、憧《あこが》れるようにボソリ。

「あ！　せっかくだから、そんなニーナに一ついいこと教えてあげる」

「いいこと？」

「あの人、エルディって宿屋さんでよくランチを食べるらしいわよ」

「エルディの宿屋さん？」

「そう。庶民的《しょみんてき》なご飯が好きなんだって」

「お昼……エルディ……宿屋さん……」

まるで頭の中に刻み込むように、再度呟《つぶや》く。

「え？　まさか行こうとしてない⁉」

「ま、まさかそんなこと……！　お礼をする前だもん！」

なぜか視線をキョロキョロ動かしながら、慌《あわ》てて否定するニーナに疑いの目を向けるカレンだった。

その翌日の昼時になる。

もらった別荘の中で漆黒の防具に刀剣を腰に携帯させたカイは、綺麗な街並みを見ながら、今日も今日とてあの食事処《どころ》がある宿に向かっていた。

そして空腹に操《あやつ》られるがままに早足で、食欲をそそる匂《にお》いを漂《ただよ》わせてる宿屋に辿《たど》り着き、早足で入店しようとした時だった。

中から聞こえてくる声があった。

「店主さん、あのお方はいつもどのお時間にご利用されているのですか？」

「……ぁ、な、なんて言うか……。その、あの……」

「——申し訳ないが、情報の開示をお願いする」

「は、はっ！　大体この時間に利用されてます……！」

二人の女の声と、詰め寄られているような店主の声の計3つが。

（お、おいおい……。せっかくご飯食べにきたのに……）

絡《から》まれていることがわかるやり取り。

入り口からこっそり聞き耳を立てる男は、渋《しぶ》い表情を作っていた。

「あの方はいつもどのお席に座られているのですか？」

「えっと、あの……ですね、それは……」

「情報の開示をお願いする」

「こ、こちらでございます！」

少し会話が止まり、また再開される。

「あの方はいつもどのお料理を食べられているのですか？」

「き、決まったものではなく、適当に食べられています……！」

「適当？　では直近ではなにを？」

「さ、昨日食べられたのはこちらでございます‼」

「では同じお料理をお願いいたします」

「は、はひっ！」

(店主さん、そんな高い声を出せたのか……)

あくまで客観視するカイは、宿に入らず足を止めたまま。

(こ、これどうしようか……。今日は遠慮しとく……か？)

助けたい気持ちはもちろんあるが、逆に絡まれたくはない。間に入ったとして状況をさらにややこしくしたくない。

(い、いや、でも見過ごすのは人間としてもちょっとアレだよな……。お世話になってる人だし……)

小心者だが、やはり良心は痛む。

(と、とりあえず入るか……。客が入れば落ち着くかもだしな……)

そんな希望を抱いて、渋々入っていく。これが自分にできる最大限だと賞賛しながら。

中に入れば嫌でも目に入る。

（あーあ……。やっぱり絡まれてる……）

カウンターの端に座っている修道服を着た小さな女の子。その女の子の護衛だろうか、防具を着た女性剣士が店主と対面している光景を。

いつもは中に入った時点で声をかけてくれる店主だが、今はその余裕もないのだろう。こっちに気づいてすらいない。顔も真《ま》っ青《さお》にして冷や汗も流している。

（ま、まあ味方が近くにきたと思って頑張ってくれ……うん。俺も入るの頑張ったから）

未《いま》だやり取りを続けている二人の客と、店主。

心の中でエールを送りながら、絶対に目を合わせないようにしつつ、二人の客とは一番離れたカウンター席に座った。その瞬間だった。

「……」

「……」

「……」

パタリと三人の会話が止まった。

なぜか静寂《せいじゃく》が生まれ――凝視《ぎょうし》するような三人の視線を感じる。

（ん？）

なぜか三対一になったような状況。

一度は逃げようとした罰《ばち》が襲《おそ》ってきたように、誰よりも気まずさが襲ってくる。

が、向けられた視線に応《こた》えたりはしない。目を合わせれば、喧嘩《けんか》を売っていると思われるかもしれない。相手は猛獣だと思って対応することこそベスト。

刺激しないように一人指遊びをして知らんぷりをしていると、聞こえてくる。

「――待機をお願いします」

「承知しました」

それからは絡んでいた客の気配がどんどんと近づいてくる。

（……お、おい店主さん。助けてくれ……。俺、助けるために頑張ったんだぞ……!?）

店主への絡みが解かれたのは、間違いなくこの食事処に入ったおかげ。

その代わり、狙いを定められてしまった。

当然の要求を視線で求めようとすれば、店主はホッとしたように裏に下がっていく。

こちらの注文を取ることもなく『あとは任せた』というように料理を作る準備を始め出す。

（お、おいおいおいおい）

心の中で店主を引き留めれば、近づいてきた気配がとうとう真隣《まどなり》に。

「――あ、あのっ！」

「――注文お願いします」

感動に身を包む少女と、焦りに焦った男の声が被《かぶ》った瞬間だった。

「ん？　って、え？」

どこか聞き覚えのある声。

半ば反射的に隣を見れば、顔を合わせたことのある少女が立っていた。

黒と白の修道服に頭巾に隠れた綺麗な白髪。

そして、ゲームの設定集で見たことがある聖々教のエンブレムが入ったブレスレットに、公爵家からもらった紋章印のようなものが刻印されたネックレスをつけた――ニーナ・なんちゃらかんちゃらが。

まさかの店主に絡んでいた相手が顔見知りという事実に、緊張の糸が一気に緩む。

「わ、わたしのこと……覚えておりますか？」

「そりゃまあ。元気そうでなによりだ」

「あなた様もお元気そうでなによりです!!」

目をキラキラさせているニーナは、ハキハキとした声で返してくれる。

ここでカイが目を向けるのは、後ろで待機している護衛役と思われる女性。

「えっと……とりあえず護衛さん？　世間体とか立場上の問題はあるんだろうけど、店主さんに圧力をかけてたのは俺なんだ。さっきの件は大目に見てやってほしい」

「大変申し訳ありません。失礼いたしました」

「いやいや、本当にお気になさらず！　むしろ温情をありがとうございます」

二人に向かって頭を下げる護衛に、すぐキッチンの奥から店主の声が飛ぶ。

『温情』の言葉にピンとこないが、情報の開示をお願いしただけで、罰《ばつ》を与えるような脅しをしなかったということだろうか。

これを考えても正解は見つからない。すぐに話題を変える。

「それにしても、あの時とは随分《ずいぶん》見違えたな。服装然《しか》り。最初は気づけなかったくらいだ」

「ふふ、似合っておりますか？」

「……大人になればもっと似合うだろうな」

「ありがとうございますっ」

素直に褒《ほ》めるのは恥ずかしいこと。濁した言い方になってしまうが、それでも嬉しそうにするニーナ。

「にしても、まさか聖々教の人間だとは知らなかった」

そして、このセリフに返ってくるのは、言葉ではなくニッコリと目を細めている彼女の顔。

（……）

そんな微笑ましく思う視界に映るのは、ニーナの背後に控えている直立不動の護衛。

素人からでもわかる隙《すき》のなさには強者《つわもの》感を感じる。そんな相手に見られ続け、やりづらさを感じる。

「あ、ああそうだ。目の方はあれからも大丈夫か？」

「はい！　あなた様のおかげでこの通りに」

「……いや、そんな近づけられてもわからん」

『この目を見てください』というように、ニーナから綺麗な顔を近づけられれば、華奢《きゃしゃ》な肩を摑んで引き剝《は》がす。

ちゃんと止めていなければ、目と鼻の先に顔がくる勢いだった。

「ちなみにこれは？」

「人差し指と中指が立っているので2です」

「じゃあこれ」

「5です」

「……本当に大丈夫そうだな。安心した」

幻の万能薬を信じていないわけじゃないが、いきなり完治するというのはゲームの世界以外ではあり得ないこと。この感覚はどうしても抜けきらない。

「今はもう誰よりも楽しい日々を過ごさせていただいているという自信があります！　大切な家族のお顔も何年と見えていませんでしたから」

「お、おいおい。あまり重いことは言わなくていいぞ？」

「も、申し訳ありませんっ！」

「とりあえず頭を上げてくれ。護衛さんがなんか殺してきそうな目を向けてきてる」

場の空気を変えようと冗談を言ったが、失敗だった。

戸惑《とまど》ったように首を左右に動かす護衛がいて。

「ま、まあ、今後も楽しく過ごしてくれ。そうじゃないとあの薬を使った意味がないんだからな」

「善処いたします！」

「是非そうしてくれ」

あまり言うべきところじゃないかもしれないが、同じ万能薬を使ったカレンが気にしていたところ。

気を楽にするために伝えておいた方がよかったんじゃないかと思ったのだ。

「あ、それはそうと今日はどうしてこんなところにいるんだ？」

そう問いかけた矢先だった。

「お、お待ちどおさまでございます」

「ありがとうございます」

「感謝する」

ある程度作り置きしていたのだろう、ニーナと護衛に対して早い料理提供をする店主。

「わ、わあ……。本当に大きいです……」

「ニーナ、それ大盛り頼んでないか?」

「は、はい。大盛りをいただきました」

「大盛りって大人向けみたいな感じだぞ……? 一応」

世間知らずと言っていいのか、ニーナの年で大盛りを食べられるという方が珍しいだろう。

いや、普通は無理だろう。

「あ、あの……先ほどのご質問なのですが、あなた様と同じものを食べてみたくありまして……。本日はこちらに足を運ばせていただきました」

「ほう……? そんな気分もあるもんなんだな」

「……は、はい」

どこか照れたような様子を見せているが、ニーナ一人では絶対に食べきれない大盛りを前に、話に集中もできない。

「まあもし食べきれなかったら、俺と護衛さんの二人で食べ切るから気にしなくていいぞ。うん」

「っ」

「あ、ありがとうございます」

自分ですらお腹《なか》がいっぱいになる量なのだ。

また、こんな展開になるとは思っていなかったのか、驚愕《きょうがく》の表情を浮かべる護衛。しかし、あえて気づかないふりをする。

残すのはもったいない。でも、苦しい思いはしたくはない。となれば、道連れである。

「てかほら、俺の料理なんか待たなくていいから座って食べてくれ？　外出時間も決まってるだろうし、出来立てを冷ますのはもったいないぞ」

今日会ったばかりの護衛にはこんなことは言えない。関係値があるニーナに促《うなが》せば、それは正しいことだった。

ニーナが腰を落としながら、隣に座るように護衛に指示を飛ばし、一緒に食事を取り始めて。

「ぁ……。すごく美味《おい》しいです」

「ええ、そうでございますね」

「だろう？　ここの飯は美味《うま》いんだよ」

「——なんでお前さんがドヤってんだか。ほらよー」

そんな時である。ヤケクソな態度の店主が水を出してくる。

「ちょ、おい。俺のだけ置き方雑じゃないか？」

「今日だけは許せ。お前さんのせいで怖い思いしたんだからな、オレは」

「だ、だから俺に非があることを護衛さんに言っただろ……」

気持ちはわかる。申し訳ない気持ちもあるが、護衛にああ伝えたのだってかなり勇気を出したこと。反論だけはする。

そんな様子を見て、どことなく羨《うらや》ましげなニーナが口を開く。

「あなた様と店主さんはとても仲がよいのですね」

「まあ仲はいい方で……いいよな？」

「……お前さんが人脈とか素性もなッッんにも言わないからな。もし知ってたら最初から距離置いてたぜ。マジで」

「ふふっ、秘密主義には困らされますよね」

「まったくだよなぁ本当に。……じゃなくて、まったくでございます!!」

「あーあ……」

今ナチュラルに使っていた。

ずっと畏《かしこ》まっていたニーナに対し、間違いなく偉い身分の相手に対し、タメ口を使った。

ちなみに焦る気持ちは痛いほどわかる。

「えっと、とりあえず護衛さん。今回だけ見逃してもらえないだろうか」

「ニーナ様がご不快にならない限りは何度でも」

「不快になったりはしませんので、漆黒様と同様に口調を砕《くだ》いていただけたらと」

「そ、それは勘弁してくださいな……」

「店主さんがそんな畏まってるのは面白いな。初めて見た」

「普通はこうなるんだよッ！　お前さんがおかしいんだよ！」

地雷を踏んでしまったのは高速な切り替えからも見てわかる通り。

「一般的な常識はあるんだぞ。俺。ただ取り返しがつかないだけで」

「なに言ってんだか。はあ……。お前さんの注文はニーナ様方と同じでいいか？」

「よろしく頼む」

「はいよ……」

もう体の中にあるものを全《すべ》て使い尽くしたのか、ふにゃふにゃしながら厨房《ちゅうぼう》の奥に入っていく店主。

（俺だって最初からニーナ達の身分知ってたらタメ口なんか使ってないんだよ……）

身分を知ってからは態度を改めようとしたが、カレンと改めて対面した時、当たり前に突っ込まれたのだ。

変えさせてほしいが、もう変えられないというのが真実である。

「あ、あの、突然で申し訳ないのですが、あなた様にお聞きしたいことがありまして」

「ん？」

頭をモヤモヤさせながら、コップに手を伸ばした時、おずおずとしたニーナが話しかけてくる。

「お話を戻させていただくのですが、先ほどおっしゃっていた通り、わたしの外出時間も決められていますので……諸々《もろもろ》のお礼に伺う日時をご相談できたらと」

「……」

これを言われた途端《とたん》、緊張でもう水を飲めなくなる。

「ま、待て。俺が伺うのか？　大聖堂とかに」

「いえ！　もちろんわたし達からあなた様のお屋敷に伺わせていただきます」

「……その情報、もう摑んでるんだな」

「っ、ご不快になられましたら御謝罪を踏まえて――」

「いや、いい。ただ感心しただけだ。うん……」

（別荘もらったのほんの少し前の話だぞ……。なんでその情報持ってるんだ……）

さすがの権力者と言っていいのか、恐ろしくなる。

「……まあ挨拶《あいさつ》するなら休日にしてほしい。平日はちょっとやることがあるんだ」

主に心の準備が。

「大変お忙しいことは承知しております。では来週の日曜、お昼頃《ひるごろ》でどうでしょうか」

「…………わかった」

簡単に決まってしまった。神経をすり減らす地獄の時間が。

「ちなみに……誰が来る予定なんだ？」

「お父様にお母様、お姉さまにわたし、それから馬車での移動中は護衛の方が数人つくかと」

「……」

（そ、それはもう本当に勘弁してくれ……）

家族全員でというのは当たり前の行動なのかもしれないが、店主の反応からしてニーナがとんでもない身分を持っているのは明白なのだ。

どうにかしてこちらの負担が少ない方法を考える。

「……一つ聞きたい。屋敷に来る相手は俺が決めたりできるか」

「と、申しますと……？」

「ニーナのご両親を来させるのは好ましくない」

「えっ⁉　で、ですが……」

『ですがじゃないんだ！』と押し切りたいが、それだけで納得してくれはしないだろう。

「格式ばった挨拶は求めてはないんだ。注目を浴びるのも好ましくない」

『そんな装備してどの口が言ってんだ……』

キッチンの奥からそんな声が聞こえた気がするが、気のせいだろう……。気のせいだとすぐに割り切って頭を働かせ続ける。

「それにニーナのご両親には仕事を優先してほしい。留守の間になにかのトラブルが起きても円滑に解決できるように」

「で、でもそれでは……」

「両親がいなくともお礼自体はできるだろう？　別に一人で来いと言ってるわけでもない」

とにかく第一に権力を持っているだろうニーナの両親が怖い。その二人さえ来なければ、本当に気持ちが楽なのだ。

「あー……。それとも姉だけでは頼りないと？」

「そのようなことは決して！」

「じゃあ話は固まったな。護衛さんもこれを上に伝えてくれると」

「元よりそのつもりです」

「……助かる」

そのつもりだったなんて知らなかったが、一応知っていたように強がっておく。

それからはもう――。

(よしよしよし！　なんか今回はいい感じじゃないか⁉)

この上手《うま》くいき、舞い上がる気持ちをどうにか隠すように頬杖《ほおづえ》をついて。

そんなことがありながら、休憩時間が定められていたニーナ達が食事を取り終え、先に食事処を退店した後のこと。

「はあ……」

「お前さんが疲れるのは間違ってないか？」

「いや、さすがにあのメンツは疲れるだろ……」

「ニーナ様相手にタメ口だったヤツがそんなことよく言うぜ……。一番疲れてるのはオレだ」

「ああ……、仕事お疲れ様」

「偉い人間に囲まれたからに決まってるだろ⁉」

ニーナとその護衛がいなくなった途端に本来の調子を取り戻す店主。

「お前さんがタダモノじゃないことは予想してたが、あの聖々教と張り合える身分だったなんてな……」

「張り合えるなら、どれだけ楽なんだろうな……」

「な、なんて遠い目をしてやがる……。って、今さらその演技はいいだろもう……」

上手い演技ではなく、本気でそう思っているからこそのクオリティーである。

「……あ、今気づいた。そう思ってても態度変えないでいてくれるんだな」

「だってよ、普段通りに対応する方がお前さんにとって都合いいんだろ？」

「本当に助かる」

「その代わり、後々訴えるのはやめてくれよ？　不敬だのどうので」

「そんなのしないって。そもそも不敬だとか言えるような立場じゃない」

完全に思考ロックしている店主。ここまで信じきっている相手の誤解を解くのはほぼ不可能なことだろう。

「あとさ、あの護衛、普通に怖くなかったか……？　あれ絶対仕事できるタイプだな」

「いやいや、聖々教の護衛と言ったらエリートだらけだろ?」

「あ、ああじゃないと務まらないか」

カイと店主。二人が話を膨《ふく》らませる内容は、先ほどの件である。

「まあ今日はいい体験をさせてもらったぜ。アレのおかげでメンタルが強くなった気がするからよ」

「その分、ヤバそうに見えたが」

「正直に言ったら死ぬ思いしたわ」

「ハハ……。だろうな」

もしあれが自分の立場だったら——店主以上に死ぬ思いをしていただろう。

子鹿のように足が震えていたことが簡単に想像できる。

「えっと、ざっくりとしか話は聞けてなかったけど……俺の情報は言っていいぞ? 今はもう困ることはない」

「それ早く言ってくれよ!」

「ほ、本当に悪い……」

まさかこんなに早いアクションがあるとは思わなかったのだ。頭を下げる他ない。

「……ま、お前さんも聞いたと思うが、温情をかけてもらったからな。今回は特別に許す」

「あ、その温情って?」

「脅かされるわけもなく、ただお願いされるばかりだったからな。もっと言えば、外出時間が限られてる中、オレはその貴重な時間を奪《うば》うような真似してたんだぜ？　ニーナ様に食事の時間を取らせなければいけない護衛にとって、あの強気な態度こそ正しいもんさ。あれをしなかったら忠誠心を示せないもんだしな」

「……なるほど。つまりは中間管理職みたいな辛《つら》さがあるってことか。板挟みみたいな」

「そんな感じだな。あの立場は立場で苦労が多いだろう。嫌われることを進んでやらなきゃならんからな。って、そこら辺のことはお前さんが一番わかってるんじゃないか？『世間体とか立場上の問題はあるんだろうけど』って護衛に寄り添ったこと言ってたのはちゃんと聞いたぜ？」

「あれはそれらしいこと言っただけだぞ。実際にはわかってない」

「そ、それがわからないってことは、気遣わなくてもいい立場ってことだろ？　え、お前さん……まさかあの聖々教の人間よりも上の立場なのか？」

「いや、その逆だ。下すぎるからわからないんだよ」

「もういい。やめだやめ」

「ちょ、せめてもうちょっと話を聞いてくれてもいいだろ……」

正直に言っていることだが、歯車が上手に嚙《か》み合わさりすぎた結果がこれである

意図せずしてさらに誤解を加速させる男だが、誤解を生ませていたのは店主一人だけではな

かった。

＊

「彼《あ》の方にお会いできてよかったですね。ニーナ様」

「ええ、漆黒様と同じ食事をいただくだけと考えておりましたので、本当によかったです……」

カイと店主が食事処でやり取りをしている一方で。

迎えの馬車に乗って大聖堂に戻るニーナと、刀剣に手を添える護衛は、顔を見合わせながらこんなやり取りを広げていた。

「一つお聞きしたいのですが、あなたから見てどうでしたか？　漆黒様のご印象は」

「印象……ですか」

ニーナにとってお気に入りの人物なのだ。

好意を寄せる人物だからこそ、周りの意見に興味があるのだ。

「間違いなく強者かと」

「え？　そのような感想ですか？　もっとこう内面のようなところは……」

両手を使って円を描くように、身振り手振りで説明するニーナだが、首を横に振る護衛である。

「申し訳ありません。常に観察の目を向けられていたので、その余裕はありませんでした」

「か、観察……ですか？」

なにも気づいていなかっただけに、頓狂《とんきょう》な声を上げるニーナである。

「はい。食事中、警戒が緩《ゆる》んでしまうというのは有名なお話です。なので私の気が緩んでいないか、確かめていたのでしょう。……我々護衛団はニーナ様を攫《さら》われてしまったという大きな失態がありますから」

悔しさを滲ませるように握《にぎ》り拳《こぶし》を作る護衛は、そのまま言葉を続ける。

「……そして、彼《あ》の方の気配に気づけなかったことも……不覚です」

その出来事は序盤中の序盤。漆黒が当たり前にカウンターに座ってきた時のこと。

ニーナだって気づくことができず、驚いた一人である。

「店主とやり取りはしていましたが、だからと言って警戒を怠《おこた》ったとの認識はありません」

「じ、実は漆黒様の影が薄かったり……とかしません？」

「お気遣いありがとうございます。ですが、そのようなことはあり得ません。完全なる実力差です」

ニーナから言われたことを鵜呑《うの》みにするのが楽だが、そうだとは思えない。

「それだけではありません……。彼《あ》の方は私と店主がぶつかることを想定していた可能性まであります。タイミング然《しか》り、偶然にしては出来すぎていますから」

「……」

「あの宿に向かうとの情報を予《あらかじ》め得ていたか、もしくは並外れた慧眼《けいがん》を持っているか、どちらかでしょう」

考えておくことに越したことはない。実際に頭の片隅に『偶然』の文字がないからこそ、猛烈に嫌な予感を覚えているのだ。

「彼《あ》の方の発言……どのような意味なのでしょうかね。無論、ご尊父《そんぷ》様にもお話をさせていただくのですが……」

「お礼の件……ですか?」

「やはりニーナ様も引っかかりましたか」

コクリと頷《うなず》くニーナ。

わざわざ言わなくてもお互いに通じている。それほどの違和感があったのだ。

『ご両親を来させるのは好ましくない』と言った漆黒の言葉は。

「ご尊父様方と繋《つな》がりを持つ機会を無駄《むだ》にするような真似をするはずがありません。それも早く恩を売っているお立場でありながら……。注目をされるのは好ましくないと理由を口にされていましたが、ニーナ様やマリー様がご訪問されるだけでも注目は浴びるものです」

「つまり、口実ということですよね」

今まで続いていた会話が、ここで止まる。

顎先《あごさき》に手を当てて頭を働かせる護衛と、頬《ほお》に手を当てて頭を働かせるニーナがいる。

「権力者が苦手という一般論はありますが……ニーナ様に対して自然体で接していた彼《あ》の方が当てはまるとは言えません。ヴェルタールに所属している……との噂も出ているくらいですから、その手の対応も得意であると言えます」

「……」

「……」

再度の無言が訪れる。

「考えたくはないのですが、わたしのお父様やお母様でなければ解決できないようなトラブルが大聖堂で起きるかも、ということなのでしょうか……？」

「私にもそればかりはわかりません。ですが……彼《あ》の方のことです。重要な意味があるのでしょう。くだらない理由でそのようなことを言うはずがありません」

いくら考えても答えが摑めない。慧眼の持ち主には敵わない。

「一刻も早いご相談が必要ですね。ニーナ様、申し訳ありませんが御者《ぎょしゃ》に馬車を急がせても構いませんか」

「はい。よろしくお願いします」

「感謝申し上げます」

――深刻な表情でやり取りする二人。

あのような人物なのだ。自分優先で物事を考えたりするはずがない。

そんな考えに至っているからこその結論となっていた。


そうして、日が暮れ始めた時間に、今日の出来事を聖正教の大司教であるニーナの父親と、司教である母親に報告する護衛がいた。

この三人は、話を煮詰めていきながら頭を大きく悩ませてもいた。

「今一度確認をしたい。あの漆黒様は本当にそう申されたのか?」

「間違いありません。お二人がこられるのは好ましくないと。お礼ならばニーナ様とマリー様のお二人でもできるだろう。と、この耳で」

「聞けば聞くだけなにかを見通したような発言ね。本当に……」

司教の言う通り、ここまでは全員が共通の意見。

だが、それから先がわからないのだ。

『では、一体なにを見通しているのか』という根本的な部分が。

「……どうされましょうか。『好ましくない』との発言なので、彼《あ》の方はお二方の行動を制限されたわけではないかと」

「実は……ディゴート公爵からいただいた手紙にはこう書いてあったのだ。『彼の一挙一動には全て思惑がある。念を入れておくように』と」

「つまり今回のことはなにかがある可能性があるということね？」

「そう判断せざるを得ないだろう……」

重々しく言う大司教だが、自信はなに一つとして窺《うかが》えない。

それも当然。答えられない問題を出されているようなものなのだから。

三人が揃って、何十分とかけても意図が見えないというのは、本当に奇妙で恐ろしいと言えるような時間である。

「——一案ですが、考え方を変えてみるというのはどうでしょうか。シンプルに『好ましくない』と口にした理由の模索《もさく》を」

このまま頭を働かせても答えを導き出せないと判断する護衛は、少しでも話が前進するようにと促した。

「確かに一理あるが……」

「それもそれで難しいのよね……」

通じ合っているように表情を険しくさせる二人。

漆黒はこちらに恩を着せた側。にもかかわらず、関係を築こうとしていないようなものなのだから。

このようなことは前例のないことで、初めてのこと。

『ディゴート公爵が言っていたことはこのことだったのか……』

心の中で呟く大司教。

公爵からいただいた手紙には、こうも書かれていたのだ。

『今までにないことを試される可能性がある』の詳細が。

「……申し訳ない。荷が重いと思うのだが、護衛《そなた》の考えを聞かせてもらえるか……？　漆黒様と関わり、情報を得ているのはそなたしかおらんのだ」

大司教から護衛へ。

「自信や確信はなにもありませんが、正直に申してよろしいでしょうか」

「構わない。むしろ割り切って話してほしいと思う」

「ご配慮ありがとうございます」

これは聖々教の今後に関わることでもある。

『感謝されるようなことはなにもない』と伝えれば、ふっと表情を緩めて護衛はありのままの考えを口にする。

「……私でしたら、彼《あ》の方のお言葉を真正面から受け止める次第です」

「我々はお礼の場には向かわず、マリーとニーナの二人に全てを任せると？」

「ご息女のお二人だけで対応させるのは不安があるというのは承知しております。しかし、彼《あ》の方は信頼に足る人物なのは間違いありません。大司教様と司教様はまた改めてのお礼を、という形の方でも筋は通せるかと」

今日関わりを持てたからこそ、心配することはなにもないと言えるのだ。

「ディゴート様が記したお手紙も、お気持ちそのままに記されたものだと思います。彼《あ》の方はタダモノではありませんよ。紛うことなく」

彼女がここまで断言するのは今までに聞いたことがないと言ってもいい。

ゴクリと生唾《なまつば》を飲む二人は、口を挟まずに耳を傾ける。

「ですので、大司教様、司教様がその場にいなければ解決できないような問題が発生した時のことを見越していて、『好ましくない』と発言をしたと……盲信《もうしん》ながら答えます」

「……そなたはそこまでの慧眼だと見ているのか？」

「はい」

護衛は大司教の投げかけに即答する。

「数日先のことが、そこまで明確にわかるものなのですか……？　漆黒様は……」

「本来ならば信じられませんが、彼《あ》の方であれば不思議ではないかと。また、感覚なのですが、出まかせを言うような方だとは捉《とら》えることはできませんでした」

司教の投げかけに対しても、同じように。

「そうか……。そこまで言うのであれば、我々は万全に備えるとしよう……」

「そう……ね」

不明確な状況に身震いをする二人。そして、もう失敗は見せられないと握り拳を作る護衛だった。

そうして、話がまとまったその瞬間である。

「取り急ぎご報告です！　先ほどあの新宗教団体が、我々の信徒に怪しい動きを働きかけていると――!!」

偶然の出来事か、その声を耳にする三人であった。

＊

大聖堂から帰宅した後の屋敷にて。

「いやぁ、それにしても……アタシをご指名とか漆黒さんもセンスある……よね」

「お姉さま、声が震えていますよ。足もすごく震えています」

そこだけ地震が起きているようにプルプル震えている姉、マリーに容赦《ようしゃ》ないツッコミを入れるのはニーナである。

「だ、だって、親が一緒にお礼にいかないからって『失敗のないように頼む！』ってのがヒシヒシ伝わってきたんだもん……。プレッシャーのかけ方も尋常《じんじょう》じゃなかったし……」

姉妹は揃って聞いたのだ。

両親からの方針を――日曜日はマリーとニーナの二人で漆黒と面会を行い、お礼をするようにと。その際にはマリーが主導になって動くようにと。

「ヴェルタールに所属してるとかなんとかもあるから理由はわかるけど、あの必死さを見ると……」

緊張で胃がキュッとなりながら眉をしかめるマリーだが、さすがは端正な顔立ちの持ち主である。クールさが極まるだけに留《とど》まっている。

「大丈夫ですよお姉さま。本当に素敵なお方ですから」

「あの人は寛大《かんだい》なんだっけ？　一応」

「お姉さまと同じくらい寛大な方です」

「ほ、ほぉん。じゃあ素でお礼に行くのもアリか」

「全然大丈夫だと思います！」

「ニーはアタシに死ねと」

冗談をそのまま受け止める笑顔のニーナ。その頬をムニッと引っ張りながら詰め寄るマリーである。

「漆黒様でしたら、本当に問題なく思うだけです！」

「んー。素の方が楽なのは間違いないけど、印象がいいのは作った方でしょ？　モテる方も後者だし」

「わたしは素のお姉さまが好きです」

「その気持ちは受け取っておくよ」

作った自分よりも、ありのままの自分を褒められる方が嬉しいのは当然のこと。

喜色を浮かべるマリーは、うーっと背伸びして立ち上がり、窓からの景色を眺める。

「それにしても、あの人本当にすっごいんだねえ……。誰よりも早く新宗教団体の怪しい動きを察知して警報を鳴らしたって。ニーの話じゃ忙しそうにしてるって話だったから、いろいろ探ってたのは間違いないだろうし」

「どのようにして情報を知り得ているのでしょうね……？」

「そこのところは無関心の方がいいよ、絶対。間違いなくトップシークレットだし」

それは外部には漏らしてはいけない最高機密。極秘と言えるもの。

この件に関心を示すだけでも警戒されることだろう。

つまり――。

「アタシ達が深掘りしようとした瞬間、敵対される可能性もあるしね？　最悪は見切りをつけられて関われなくなることも」

「も、もう忘れることにします！」

「そうそう」

圧倒的な実力と権力、他を引き寄せない情報網、護衛からは慧眼の持ち主と言われているのだ。

集まる情報が全て苦笑いを浮かべてしまうほど恐ろしい相手なのだ。

一家の存続にかけても敵に回すような真似はできるはずがない。そして、ニーナにとってはこれからも関わっていきたい人でもあるのだから。

「第一、どこからどう聞いてもバケモノなんだから、この会話を聴かれてる可能性も」

「ふふ、またまたお姉さまは。入り口には警備の方が働いてくださってますし、そのようなことは絶対――」

「――あるわけないいか！　さすがに！」

なんて同意するようにマリーが声を被せ、顔を見合わせた途端だった。

『――トタトタトタ』

「っ⁉」

「ッ‼」

どのようなタイミングか。

天井《てんじょう》……いや、屋根上をなにかが走り去っていくような足音がこの部屋に響く。

すぐに静寂が訪れるほど速いスピードで。

「え？」

「お、おおおお姉さま……」

「い、いや……さすがになにかの動物でしょ……？　前に動物が屋根に登ってるってやつあったじゃん？　今回もそれだって」

人形のように整った顔を引《ひ》き攣《つ》らせる二人。

あり得ないと頭の中ではわかっていても、動物のようなすばしっこい足音は〝バケモノ〟の漆黒にはピッタリと言えないわけではない……。

「そ、それにしても……漆黒様ってなんて優しいんだろー……。もしものために警守もしてくれてるって……」

「し、漆黒様はお優しいのです！」

正門には警備兵がいる。人の侵入など絶対にあるわけがないが、念には念をである。

遅すぎることは抜きにして、一応の工作を施す姉妹だった。

第八章　関わり

Yarikondeita game sekai no akuyaku mob ni tensei shimashita

約束の日。

聖々《せいせい》教を取り仕切っているアンサージ家がお礼をしにやってくる本日。

「オレがお前さんの立場だったら、外に出る余裕なんてないぜ？　頭の中でずっとシミュレーションしてるだろうからな」

「まあ気持ちはよくわかる」

なんとも言えない表情を向けてくる宿の店主と、お気に入りの料理を食べ終え、余裕な表情で答えるカイがいた。

その言葉通り、公爵《こうしゃく》と対面し、お礼されたその経験を生かし、今回は調整や作戦をしっかり練《ね》ったのだ。

権力を持つニーナの親だけはとにかく来させないようにした立ち回りを。

そして、暇《ひま》な時間はシミュレーションをして時間を潰《つぶ》してもいる。

なにも抜かりはない。

一つ心配なことを挙げるなら、ニーナの姉との初顔合わせだが、困った時は全《すべ》てニーナに投げるつもりである。

なにもかもが完璧《かんぺき》なのだ。完璧だからこそ、こんな余裕があるのだ。

「まあ大事な日にここに来たくなったのは、砕《くだ》けた口調で話せる相手が欲しかったからでもあって」

「なにかあったのか？」

「なんて言うか、つい先日、屋敷を管理してくれる駐在《ちゅうざい》さんを公爵様から当てがってもらったんだが、それはもう距離を取られてばかりで寂《さび》しくて」

「そりゃ可哀想《かわいそう》だな。責任重大な駐在さんに同情するぜ」

「……」

ニーナの護衛に詰められた経緯があるからか、味方になってくれない店主。

ただの一般人なのに、もう完全に誤解されている男は、項垂《うなだ》れるようにして話題を変えるのだ。

「そういえばこの店……なんか客が増えてないか？　スタッフも増えてる気がするし」

「お前さんのおかげでな」

「ん？　俺《おれ》がなにかしたか？」

「お前さんがここを利用してくれたおかげで、ニーナ様が来てくださったろう？　その噂《うわさ》が広まってこれよ。『ニーナ様がお食べになった料理を食いたい』ってな」

「へえ」

「ちなみにトレジャーハンターの連中はというと、お前さんを探してたりするぜ？」

「……そ、そうか」

絶対に聞きたくなかった情報で、知らなかった情報。

もうこの件に蓋《ふた》をするように、話を変えるカイである。

「ニーナはそんなに人気者なんだな」

「目をよくされてからは表に出ることが増えたらしいからな。その影響もあるだろう」

「なるほど」

疑うことはしない。

まだ幼い顔立ちなのは間違いないが、将来はとんでもなく化けることはわかるのだ。

「ああそうだそうだ。オレからも一つお前さんに」

「お？」

「そのニーナ様が奉仕されてる聖々教に喧嘩を売る新宗教が急に出てきたって話、知ってるか？　それも前々から仕込んでたのか規模が大きいらしい」

「……ほう」

これもまた知らなかった情報である。

「それは客から聞いたのか？」

「ああ。大司教様や司教様が悪事を働いてるだなんだの噂を流したり、聖々の信者にありもしないことを吹っかけて、内部分裂させることを狙《ねら》ってるんじゃないかってよ。間違いなくアンサージ家の力を削《そ》ぐためのものだろうな」

「……ふうん」

難しい話に興味が湧《わ》くことの方が稀《まれ》だろう。

当たり障《さわ》りのない返事をすれば、不運が生まれる。

「ハハハ、その反応も当然か。オレが摑《つか》める情報をお前さんが知らないはずないもんな」

「仮に摑んでないと言ったらどうする？」

「『はいはい』ってやつだな」

「なんだそれ」

なにを言っても結局は信じてくれないということである。

「まあその程度のこと聖々教ならどうにでもなるんじゃないか？　対策しないわけじゃないだろうし、威厳《いげん》を失うようなこともないだろうし」

「それをオレも願ってはいるが……かなり厄介《やっかい》そうじゃないか？　急に出てきた割には勢いがあるっていうかよ」

「大丈夫大丈夫」

なんと言っても権力があるんだから。聖々教は有名なんだから。

そんな単純な思考で頷《うなず》くカイに、ハッとする店主がいる。

「っ！　もしかして……すでになんかの手を打ってたりするのか？　お前さん」

「な、なにを言ってるんだか」

「……」

「なんだよその目……」

目は口ほどに物を言う。そのことわざ通り、あからさまに怪しんだ目を向けてくる。

「オレは信じてねえってことだよ」

「いやいや……。まあいろといい情報が聞けたよ。ニーナとかにもその件はいろいろ聞いてみる」

「それがいいだろうな。お前さんになら向こうも遠慮なく相談できるだろうし」

「そんなに信頼されてるわけじゃないぞ？　ああそれで今日のお金は……1万レギルでいいか？　情報料込みで」

一度は5000レギルにしようかと思ったが、日ごろのお礼も兼ねて大盤振る舞いすることにする。

「なに言ってんだ。オレはお前さんが知ってる情報を言っただけだろ。それにニーナ様を連れてきてくれたんだ。しばらくはタダでいい」

「いいのか？　本当に」

「ああ。遠慮せずにまた来てくれ」

「それは助かる」

やはりいいことをすれば、返ってくるものである。

大盤振る舞いをした結果、大盤振る舞いが返ってきた男は、お腹《なか》を満たして帰路に着く。

アンサージ家との会談は着々と迫っていた。


その一時間後。

「あの、ニーナ様やマリー様と会談する際に、そちらをご着用される必要があるのですか」

「まあ一応……。なにが起こるかわからない」

「戦闘をなさるにしても、あなた様は素手の方がお強いのでは？」

「……」

つい先日から漆黒《しっこく》の甲冑《かっちゅう》を着る男を脅かす存在が、この屋敷の中にいた。

その相手こそ、店主に話したあの駐在さんである。聡明《そうめい》な駐在さんである。

「その情報……どこから聞いたんだ？」

「ディゴート様よりお聞きしております。無論、内部に留めておりますので広まるような心配はございません」

「そ、そうか……」

顔を隠《かく》した方がなにかと喋《しゃべ》りやすくある。間抜けな表情もバレない。

主に二点の理由だが、これを伝えるのはカッコ悪いこと。言えるわけもない。

「コホン。それでえっと、駐在さんがニーナ達を案内してくれるってことで？」

「お任せください。どちらにご案内いたしましょうか」

『そんな風に促《うなが》さないでくれ。困るんだから……』と強く思いながらも言う。

「……書斎とか応接室はどうか？」

「特に問題はないかと思います」

「じゃあ書斎までお願いする」

「かしこまりました」

淡々とスケジュールを頭に入れていく駐在。

綺麗《きれい》な人ではあるが、表情がなにも変わらない。正直、そのポーカーフェイスを羨《うらや》ましく思う。

「護衛の方も訪問されるかと思うのですが、そちらはどういたしましょうか」

「……書斎以外の場所で待機とか？（話しづらいから）護衛に見られながらの会談は好ましくない」

「そちらも問題ないかと思います」

「じゃあ護衛は自由にさせていい。暇になるだろうし、屋敷内を自由行動とか」

「よ、よろしいのですか？」

「ん？　逆にダメ？」

凛《りん》としてスラスラと話し続けてた駐在だが、一瞬口ごもった。目も少し見開いた。

おかしなことを口にしてしまったかと心配になったが、杞憂《きゆう》だった。

「いえ……。あ、あなた様がよろしいのであれば問題はないかと」

「じゃあそれで」

「承知しました。そのようにお伝えしておきます」

「よろしく」

未《いま》だ落ち着きが薄れているのは気のせいだろうか。いや、気のせいだということにする。

「あとはそう……出し物はカレン達が紋章印渡してくれた時にもらったあれをお裾《すそ》分《わ》けしようと思ってるんだが……どう？　あれ美味《おい》しかったし」

「っ」

そう言った途端《とたん》、なぜか息を呑《の》むような音が聞こえた。

「え？　なに？」

「申し訳ありません。『どう？』……ですか？　それはその……」

大丈夫なのか、大丈夫じゃないかを聞いただけだが、なぜか険しい顔を作って顎先《あごさき》に手を当てる駐在。

なにか物凄《ものすご》い勢いで頭を働かせている様子だ。

「……なんと申しますか、構わないのではないでしょうか？」

「じゃあそうしようか。ちなみにあれ一箱何レギルくらいする？　リピートしたい」

「詳しいお値段はわかりかねますが、５万レギル前後かと」

「5万……!?　お菓子に5万……。そうか……」

この時、顔を防具で隠していた状態で本当によかったと思う。

同じ金銭感覚を持っているわけじゃないのだ。とんでもなく驚いた顔を見せることになっていた。

「じゃあついでに追加でプレゼントされたあのリングは？　宝石がついたやつ」

「申し訳ありません。そちらもわかりかねますが、500万から1000万レギルはする代物かと」

「……そうか」

もう桁《けた》が違った。そんな高価な品をポンとプレゼントできる感覚にはもう頭が痛くなる。

「あなた様からすると物足りないものではありませんか？　私の口からそれとなくお伝えすることはできますが」

「いや、文句なんかない」

「左様ですか」

「そ、そんなにがめつく見える？　俺って」

「いえ、そのようには見えておりませんが、なにかあればすぐに連絡をするようディゴート様より承《うけたまわ》っておりますので。念のためでございます」

「そんなに気にかけなくても……ねえ？」

もらえるものはもらっておく精神だが、さすがにこれは物のレベルが違う。そもそも渡してくる相手がいろいろと怖すぎる権力を持っているのだ。

「それが貴族としての筋の通し方ですから」

「『来ていい』って俺が言ってるわけだし、筋を通すもないような気がするけどなぁ」

カレンやリフィアがこの屋敷を訪問する度に高価な品を渡されるというのも困りものである。

「ちなみに駐在さんはなにか欲しい物あったりする？」

「……と、申されますと」

「さすがにされっぱなしはバツが悪いから。駐在さんにもなにかしらしていこうかなって」

「私は雇《やと》われの身です。ディゴート様より十分な対価を得ておりますのでお気遣いなく」

「まあまあそんな固いこと言わずに」

一歩詰め寄れば、表情が強張《こわば》ったような駐在がいる。

「それで、好きなものは？　お願いだから教えてくれ」

――だが、強張っているのはこちらも同じ。

公爵が当てがってくれた駐在を大切にすることで、なんとか釣り合いを取りたいところ。

また一歩詰めて、必死さを滲《にじ》ませれば答えてくれた。

「……あ、甘いものが……好みでございます」

「甘いものか。よし、じゃあ今度いろいろ買ってくる」

「感謝いたします」

「いやいや。それじゃ、俺は書斎で心の準備《やること》があるから、来訪があったら手筈《てはず》通りに」

「かしこまりました」

出迎えの打ち合わせもそうして終わり、書斎に向かって歩いていく男。

「……」

そんな彼の背中を見る駐在は、ハンカチで額を拭《ぬぐ》いながら見送り、その姿が見えなくなれば、独り言を呟《つぶや》くのだ。

「ディゴート様にお伝えしなければ……」と。

漆黒《しっこく》の日常や、やり取りをした上でなにかを感じたら必ず報告するようにと命令されていて。

先ほどの会話で、〝気になること〟があったのだ。

聖々教を取り仕切ってる名家に対し——本来目上の人物にやるべきではない『お裾分け』の言葉をサラッと口にしたその様子に。

「本当、ヴェルタールに所属されている方らしいお言葉ですね……」

思い返せば思い返すだけ、冷や汗が止まらなくなる駐在だった。

「——お忙しい中のご来訪ありがとうございます」

そんな駐在が聖々教を取り仕切る名家、アンサージ家のマリーとニーナ、及び二人が乗る馬車を囲んだ四人の護衛と御者《ぎょしゃ》の計七人の来訪を歓迎し、屋敷の中へ案内した後。

顔見知りの人物と対話していた。

「まさかあなたが引き続いてこちらに務められているとは思いませんでしたよ」

と言うのは護衛団の副団長。漆黒がよく訪れているとの食事処《どころ》に向かった際、ニーナの護衛を務めていた人物である。

「別荘を譲渡されるということで職を失う可能性があったのですが、あの御方が気を遣ってくださいまして」

「気を遣った?」

「ええ」

護衛や警備の仕事はいくらでも見つかるが、駐在の仕事はなかなか見つかるものではない。

それを知っていてか、漆黒から公爵に頼んでくれたことを聞いている駐在である。

「あの御方のことですから、私よりも優秀な駐在を派遣することは可能でしょうから」

「あなたが引けを取らないレベルだと判断されたのでは?」

「それはあり得ないかと。私は漆黒様とお顔を合わせたことも、関《かか》わりがあったわけでもないので、能力の判断基準がありません」

「ですが、彼《あ》の方ですよ?」

「……これ以上は平行線を辿《たど》りそうですね」

「ふふ、同意します」

秘密主義で情報を摑ませてくれない漆黒である。

また、『彼についての詮索《せんさく》を禁じる』と上から命令されている二人でもある。

「それにしても、家主が彼の方となると大変では」

「正直なところ、誰《だれ》よりも神経をすり減らしている自信があります。ディゴート様ですら謙《へりくだ》るほどの人物ですから」

「ちなみに、お屋敷に一切《いっさい》の護衛兵が配置されていないというのは――」

「――お察しの通り、必要ないと申されたそうです。本当に堅苦しくなるから、と」

「……そ、そうですか。『かかってくるならかかってこい』……と」

自身の強さを信じきった漆黒の発言には、納得するしかない護衛である。

「遠慮しなければならない、なんてお立場の方でもないですから、それだけの腕前がお有りなのは間違いありません」

誰にも漏《も》らしてはいないが、公爵から聞いている駐在なのだ。

漆黒が肩身離さず持っている武器の性能を。石畳《いしだた》みの地面をバターのように斬《き》れる刀剣を。

対人戦では想像するまでもなく、猛威《もうい》を振るうことだろう。

それこそ、敵に痛みを感じさせる前に防衛できる可能性すらあることで。

「ま、まあ……護衛兵がいないとしても、彼《あ》の方のテリトリーに入っているのですから、一番安全でしょう」

「代償《だいしょう》はついていますが」

「ふふふ、胃を痛められないようご注意を」

これまた同情する護衛である。

「……と、世間話もこの辺にさせてください。もう一度確認をさせてもらいたいのですが、漆黒様との会談が終わるまで、我々は自由に過ごしてよいと？」

「そのように申しつかっております」

駐在は驚く様子を全く見せない。それはまるでこの会話になることを悟っていたように。

「……一つ、あなたの意見を聞かせてもらっても構いませんでしょうか。彼《あ》の方と日常を共にされているあなたですから、なにか意図するところが思い当たる節があるのでは、と」

冗談は言っていない。そのように真剣な表情を向けてくる。

先ほどとは違って仕事のスイッチが入っている護衛を見て、言わざるを得《え》なくなる駐在である。

「こちらの発言に責任は持てません。それに加えて私の想像でも構わないのであれば」

「もちろん」

護衛としては一つでも多く意見が欲しいのだ。即答すれば、一拍置いて口を開く駐在である。

「休憩をしてよい、屋敷の内見をしてよい、との意味で『自由に』と申されたわけではないかと思います」

「やはり、ですか」

「守護という一番重要なお仕事ですからね。それを放棄《ほうき》してよいとの考えはさすがにアホでしょう」

漆黒から直接言われた時は理解に苦しんだが、苦しんだからこそ、頭を働かせて考えられたのだ。

「こちら側で待機場所を決めてしまった場合、マリー様、ニーナ様を速やかにお守りできず、護衛の方々が本来の力を発揮できない可能性があります。つまり、『個々の能力を考えた上で行動するべきだろう』という意味合いで『自由に』と申されたのではないでしょうか」

「……仮にその理由でしたら、彼《あ》の方から見た我々は最大限の信頼をされていないことになりますか……」

そう思われていたとしても、怒りは湧かない護衛である。

すでにニーナを攫《さら》われるという失態を犯してしまったことで。

「さらに言えば、『本来の力を発揮させられる状態に置いたのだから、敵襲があったとしても助力するつもりはない』と……」

「信頼されていないのではなく、『助力してくれる』という考えを捨てさせるために、あえて厳しい現実を当てているのかもしれませんよ」

「え」

「いついかなる時も漆黒様が助けられるわけではないですから、ニーナ様方の笑顔を守るためには、その心構えが重要なのだと思います」

「ッ!!」

言われた瞬間、護衛の脳裏によぎるのだ。

直近の宿の食事処で美味《おい》しそうに、笑顔でご飯を食べていたニーナの姿が。

「あくまで予想でしかありませんが、私は一番可能性の高いことだと考えております」

「ありがとうございます。彼《あ》の方にお礼を伝えてもらえたらと」

「わかりました」

一礼して感謝を伝える護衛は、『それでは失礼』との言葉をかけ、すぐに残り三人の護衛を集める。

その光景を見る駐在は、心配そうな表情を書斎がある方角に向けていた。

ニーナとマリー。あの二人が挨拶《あいさつ》を終えた頃合《ころあ》いだと判断して。

＊

白色の髪にピンクの瞳《ひとみ》を持ったニーナと、公爵家のリフィアに引けを取らないほど顔立ちが整った姉のマリー。

そんな二人と対面するカイは無言になっていた。いや、目の前の二人も無言を作り、静寂《せいじゃく》がこの場を支配していた。

どんな小声をあげても、必ず相手に聞こえてしまうだろう。

なぜ挨拶の場でこんなことになってしまったのか──。

（いや、本当に意味わからん……）

甲冑を着たまま書斎に座る男は、心の中で呟きながら冷や汗をかいていた。

（俺は普通のことを言ってるよな……？『楽にしていい』って……）

入念なシミュレーションしていたことが功を奏し、最初の挨拶はスムーズに進んだ。

完璧と呼べるくらいに上手に話が進み、当たり前のタイミングでこう言った途端、今の状況が生まれてしまったのだ。

こちらはただただ気を利《き》かせただけなのに、なぜかギョッとされてしまったのだ。

（ど、どう考えても失礼なことは言ってないよな……。反応がおかしいのはあっちだよな？）

困った時はニーナを全頼りするつもりだったが、その当人がマリーよりもギョッとしているのだ。

「た、大変申し訳ございません。一つだけお尋《たず》ねさせていただきたいのですが、漆黒様はどこまでお見通しになられているのでございましょうか……」

「ん？」

「アタクシの今後の対応が……その……なんと言いますでしょうか……」

整った眉《まゆ》をひそめ、端正な顔を困らせているマリー。

上品すぎる雰囲気に上品すぎる立ち振る舞いを崩《くず》さぬまま聞いてくるが、なにを言っているのかさっぱりわからない。

「お見通し？」

「はい」

「……今後の対応？」

「は、はい」

（その『はい』ってなんだよ……。俺はその先が聞きたいんだよ……）

無言でそう訴えかけるも、伝わらない。

口を閉ざせば、こちらの反応ばかり窺《うかが》っているマリー。

精神的支柱でもあるニーナに『ちょっと助けてくれ』と視線を向ければ、ゆっくりと目を逸《そ》らされてしまう。

「な、なにか勘違いしてるぞ？　俺はなんにも見通していない。ただ言葉通り、言葉通りに楽にしてほしいと思っただけだ。そっちの方が楽だろう？　本題もまだだろうし」

「……」

「……」

わざわざ強調して伝えたが、反応は変わらない。むしろ先ほどよりも追い詰められているマリーな気がしている。

「お姉さま、これ以上はもう沽券《こけん》に関わるかと思います……」

ニーナがそう言えば、なぜか顔を伏せるマリー。

「ん？」

葛藤《かっとう》をしているのか、頭を悩ませているような印象。

なにか踏み切れていない様子。

このままではもっと雰囲気が悪くなるのは明白だった。一歩を踏み出せるように、アシストする他なかった。

「まあ……沽券に関わる？　と感じてるなら、そんなこともあるんじゃないか？」

「ッ！」

正直、なにに対して沽券に関わるのかはわからない。

もっと言えば『沽券に関わる』の意味もぼんやりとしかわかっていないが、ニーナに同意した瞬間、下がっていた顔がバッと上げるマリー。

『本当に不気味だ』と思われているような表情を向けてきているような気がするが、その顔をじっと見つめていれば、覚悟が決まった顔になった。

「はあ……。今まで誰にもバレてなかったのに、一体どうして……」

「ふふっ、賭《か》けはわたしの勝ちですね」

「……」

（へ？　マ、マリー……さん？）

この時間、声が出ないほどの衝撃《しょうげき》に襲われる。

先ほどまでの彼女はどこへ行ったのか、別人になったマリーがいて。

雰囲気も佇《たたず》まいも口調も崩して、どこかヤンチャさが窺える表情を作っている。

「じ、じゃあ漆黒様。お言葉に甘えて楽にさせてもらうよ？　お願いだから不敬とか言わないでね……？」

「あ、ああ……」

兜《かぶと》で隠れた目を見開くカイはようやく理解するのだ。

『楽にしてくれ』という言葉を別の意味で捉《とら》えたのだと。素を取《と》り繕《つくろ》っていたのだと。

「じゃあ本題の、お礼の件になるんだけど――」

「――ま、待て」

頭がごちゃごちゃにしたまま話を進めれば、余計なものを受け取ってしまいかねない。

『がめつい』なんて思われて、悪い印象を権力者に与えてしまうことも当然困る。

最悪は地雷を踏み抜いてしまうかもしれない。

今は頭を冷やす時間が必要だった。

「それよりも別の話をさせてほしい」

「別の……お話？」

「そ、そう。聖々教に喧嘩を売ってるみたいな新宗教？　が出てきてると思うんだが、そっちは大丈夫なのか」

「っ！　そ、そちらを先にお話をしても構わないのですか⁉」

「あ、ああ……」

なぜか勢いよく間に入ってきたニーナに、押されるように頷《うなず》く。

「なんていうか、俺としてもそっちの方が嬉《うれ》しい。お礼の話はいつでもできるから、先にそっちを聞いておきたい」

「あ、ありがとうございますっ‼」

「うん？」

（な、なんでお礼を言うんだろうか……）

ただ心配をしているだけだが、よい情報がもらえるというように頭を大きく下げているニーナがいる。

首を傾《かし》げていれば、小さな声量で聞こえてくる。

「本当、どこまで見通しているんだろ……」

「うん？」

啞然《あぜん》とした表情を向けているマリー。そんな彼女に対しても首を横に傾ける。

「そ、それではお話しさせていただきます！」

「え？　あ、よろしく頼む……」

そうして、なにも摑めない状態の中、ニーナの丁寧な前置きから本題が話されるのだ。

「新宗教団体《こちら》の問題につきまして、想定できる範囲のもの全て穏便《おんびん》に対処できる、との見通しが立っております！　全てはあなた様のご対応のおかげです！」

「ほ、ほう？」

「甘い見通しをしてるわけでもないから、そこも安心してもらって」

マリーが補足を入れてくる——が、そうではないのだ。全くもってそんな補足をしてほしかったわけじゃないのだ。

意味がサッパリなのは『あなた様のご対応のおかげ』という言葉である。

「このようなことを言うのは情けないお話ですが、わたしどもは先見の明を持ち合わせておりません。ですので、お相手方がより力をつける前に誘い出そうとの方針を固めました」

「もちろん他を信仰することに不満はないんだけど、今回の場合は悪意を持って聖々教の評判を落とそうとしてるから」

「……それはそうなるよな」

大丈夫なのか、大丈夫じゃないのか、その一言を聞きたかっただけのカイはだんだんと思い始める。

なぜ打ち合わせのような、相談するような流れになっているのかと。

もう一つ言えば、マリーは目を鋭くさせていて怖い。美人だからなおさら。

これは新宗教団体に対してのモヤモヤなのだろうが、できるだけ視線を逸らし、話についていけてる風に言葉を紡《つむ》ぐ。

「んでまあ、誘い出してカウンターを食らわせようと」

「はい。本日はアンサージ家全員が大聖堂を不在にするという情報を流しました。情報を集めたところ、活発的になっていることは間違いないので、この機会を狙ってくる可能性もあるかと思います。アンサージ家全員が不在になるということは、長い歴史を辿ってもありませんので」

「なるほど」

ニーナはニーナで打ち合わせをしてきたのだろうか、スラスラとわかりやすく伝えてくる。

「確かに情報操作が上手《うま》くいったなら、今日大胆に狙ってくるな」

「っ！」

「ッ！」

リーダーが不在というのは、敵にとって絶好のチャンス。

素人意見ではあるが、これには自信がある。

だが、この時後悔もする。

自信があったばかりに、断言したような言い方になってしまったことを。

「一応聞いておくが、ご両親は聖堂に残ってるわけだよな？　多めの警備とか護衛を集めて」

「はい！」

「なら大丈夫だろう」

「本当に無事に解決ができると……思いますか？」

「そこまで準備を整えているなら大丈夫だろう？　もし今日狙われなかったとしても、警戒してたらなんとかなる」

「……」

「……」

一応の保険を入れた返事をしたが、なぜか言葉が返ってこなくなる。

「あとまあ、悪いことをすればいつか必ず返ってくるもんだ」

頭を働かせることがあるのだろうか、またしても二人の返事がない。

「……そ、その、とりあえずご両親には『いろいろとお疲れ様』って伝えてくれ」

「お疲れ様……ですか？」

「お疲れ様……?」

三声目にして、ようやく安堵《あんど》できる二人の声が返ってきた。

姉妹だからか、仲良く声を重ねて。

「うん。伝えてくれるだけでいいから。伝えてくれるだけで」

労《ねぎら》いの言葉である。警戒をしている状況にあるのだから適切なもの。

これを伝えてくれるだけで、好印象に映ることだろう。結果、多少なりに粗相《そそう》を犯しても悪い方の目のつけられ方はしないはずだ。

「だから、絶対に頼む」

追撃するようにお願いするカイだった。

＊

そんな漆黒が必死になっている頃。

「大司教様、司教様。本当にこのようなことをしても構わないのですか?」

「どちらも顔を出されないというのは評判にも関わってしまうことかと……」

「現在の状況では、さらにあの団体の勢いをつけさせてしまうだけだと……」

大聖堂の中。聖々教をまとめる二人が身を潜めた一室では、大司教、司教と近しい警備兵が各々《おのおの》の声を上げていた。

三者の言い分に対し、重苦しい声で答えるのは大司教である。

「……無論、それは理解している。本来行えるご奉仕をしていないということも本当に申し訳なく思う……。ただ、我々はあの方の言《げん》を信じることにしたのだ。この方針を変えることはもうない」

『確定事項だ』という絶対的立場の言葉にもう誰も口を出さない。

(下らねぇの……)

現状を遠巻きに見る護衛の一人は——心の中で毒を吐いていた。

大司教と司教の二人に敵意があるわけではない。

立場上、この方針を取らざるを得ない二人に文句があるわけでもない。

——ただ、この二人を納得させた者に対して思うことはあるのだ。

(そんな先のことがわかってたら誰も苦労しねぇよ。そんな人間なんているわけねぇだろ。そもそも漆黒って奴《やつ》は最近来たばかりのよそ者だろうが)

バレないように舌打ちする。

(そんな情報をどうやって掴むってんだよ。適当にそれらしいことを言ってるに決まってるだろ)

どうせなにもないのだ。こんなところに居ても時間の無駄《むだ》なのだ。

（クソッたれが……）

心の中で深いため息を吐《つ》き、文句を吐きながらイライラをどうにか抑えたまま――1時間が経《た》つ。

（ほら、こんなもんなんだよ。もういいだろ。もういいだろ。もう元の役回りに戻ろうぜ？）

なにも起きるわけがないのだから。

――1時間と半が経つ。

（もういいだろ！　こんなことする意味ねえんだよ！）

――2時間が経つ。

（もう解散解散。マジで下らねえって）

待機中の皆の表情も怪しいものになっている。

ずっと変わっていないのは大司教と司教の二人だけ。

（……はあ）

絶対に口にはしない警備兵だが、初めてこの二人も怒りを覚えた。

歯を噛み締め、もう声を上げようとした――その瞬間だった。

廊下から慌《あわ》てる足音が『ドタドタ』と。そして、激しくノックがされるのだ。

「い、急ぎのご報告です！　例の新宗教団体が立て看板を持って大聖堂に近づいているとの情報が入りました！　これから聖堂の入り口で示威行為や、聖堂を乗っ取ろうとしている可能性も！」

（――ッ⁉）

　頭を真っ白にする護衛に、大司教は片手を広げる。

「警備一班、二班は裏口から入り口右翼へ。三班、四班は左翼への移動を開始するように。後ろめたいことを行っているのは全て彼らである。誰も逃がすでないぞ」

「「「ハッ‼」」」

　司教杖《つえ》を鳴らしたのが合図である。

　警備兵は早急に行動を始めた。

「聖堂内の手の空いている者も入り口に集めるよう伝令を。我が全て相手方の言い分に堂々たる説明を行うことを約束するとしよう。皆が証人である！」

「「「ハッ‼」」」

　覇気《はき》を纏《まと》ったような大司教に返事をする護衛一同と、伝令役。

（…………）

　その一室には『あり得ない……』との顔で言葉を失う者がいた。

＊

書斎の中で漆黒と顔を合わせ、どれだけの時間が経っただろうか。

「あのさ、言いにくいんだが……お礼はこんなにいらない」

「そのようなことは言わずに、是非お受け取りください！」

「受け取ってくれないと、アタシ達も困るっていうか……」

「そんなことを言われても、俺だって困る」

「そ、そこをなんとかお願いします……っ」

お礼の話題に移った瞬間から、こんな押し問答が発生していた。

漆黒に助けてもらったニーナが最大出力を出して頑張っているだけに、後押しするタイミングがなかなか摑めないマリーは半ば蚊帳《かや》の外。

第三者と言える立ち位置になったからこそ、冷静に周りを見ることができていた。

（これ……本気でお礼を受け取るつもりがないやつだ……。リフィーの言ってたことは本当じゃん……）

大聖堂の裏庭で公爵家の長女、リフィアから聞いた言葉。

『漆黒様はお礼を要求するどころか、こちらから提示するお礼すら受け取ろうとしてくださらなかった』と。

正直なところ、今の今まで半信半疑のマリーだったのだ。

危険を顧《かえり》みずに三人を救出し、さらには幻の万能薬まで使ってくれた事実。

生涯《しょうがい》をかけて恩返しをしても、釣り合わないようなことをした人間が、対価を要求しないなんてあるわけがないと。

目の色が変わるほどのお礼を前にして、受け取ろうとしないわけがないと。

だが、現実は違った。本当にリフィアの言っていた通りだった。

「本当に全部は受け取れない。さすがに多すぎだ」

遠慮をしている様子もなく、口惜《くちお》しそうにしている様子もなく、『本当に勘弁してくれ』と言うような声色で首を振っている。

（さ、さすがに意味わかんないよ……）

善人すぎて、心が広すぎて、恐ろしいくらいまである。

――たくさんの人と関わっているリフィアが『今まで出会った方で一番』と言っていたのも納得する他ない。

「俺が受け取れるのは……コレとコレ。それ以外は受け取れない。貰《もら》いすぎは怖いんだ」

漆黒は押し戻す。二ケース用意したお金の一ケースと、大きな宝石が埋め込まれた家宝のネックレスを。

代わりに受け取ったのは、お金が入ったもう一つのケースと、アンサージ家の紋章印。

「……」

「……」

空気を軽くするために、気を利《き》かせて『怖い』なんて冗談を言ってくれたのだろうが、いきなりのジョークに反応することはできない。

「コホン」

冗談が不発に終わったと感じたのだろうか、気まずそうに咳払《せきばら》いをする漆黒。

不発に終わらせてしまったのはこちらのせいである。『申し訳ない』と伝えるように小さく頭を下げるマリーである。

「す、少し話は変わるが……ニーナ。これほどのお礼をしても、ご両親は改めてここにお礼に来るつもりで？」

「はい！　それは確定事項となっています」

「確定……事項か……」

そう聞き終えた瞬間、テーブルに乗せた指先を忙《せわ》しなく動かし始める漆黒。

（え？　なんか……焦《あせ》り始めた？）

両親が訪れることに不都合があるのだろうか。

兜のせいで顔が見えないため、本来読み取れるはずの感情が読み取れない。

「とりあえず二つ言わせてくれ。まず一つ目。お礼はこれで十分だ。本当に」

早口になって、紋章印とケースを改めて引き寄せる漆黒は言葉を続ける。

「そして二つ目。これ以上の施《ほどこ》しを受けるわけにはいかない。つまり、ご両親に来てもらう必要はない」

「で、ですが……」

ニーナが抵抗しようとする。それをマリーは止めない。

援護をするように押し戻されたお礼品を自然に押し返す。

「……ま、まあ二人の言いたいことはわかる。立場とか諸々《もろもろ》のことで筋を通そうとしているのもわかる。ただ――」

「――ッ」

漆黒の面がこちらを向く。

一体どのような表情で見ているのかはわからないが、眉間《みけん》にシワを寄せている気がする。

「筋を十分に通してもらったと感じた以上、これ以上は俺も譲れない。これ以上のお礼を受け取るつもりはないから、つまりその……ご両親は他にやるべきことがあるだろう？」

「や、やるべきこと？」

わかりやすく促されたものの、漆黒のように賢くはない。

首を傾げてマリーは次の言葉を待つ。

「そ、そう。これ以上のお礼を受け取るつもりもないから、この屋敷に来たところで無駄足になる。そもそも時間を無駄にしていいようなご両親でもないはずだ。……つまりだ。やるべきことがあるだろう？」

「………」

(だ、だからそれがわからないんだってぇ!!)

また最初の話に戻ってしまった。

ニーナはどうなのかと横目で様子を窺えば、頭をパンクさせたように天井《てんじょう》に目を向けている。

18歳になるマリーがわからないのだ。6歳下の妹《いもうと》にわかるはずがない。

「……え、えっと、つまりなにが言いたいのかと言えば……そうだ。無駄足になるようなことをするくらいなら、もっとこの街のためになることに時間を使ってほしい。二人のご両親になら、それがきっとできる」

ピンときていないことに気づいたのか、優しく噛《か》み砕いてくれる彼。

「俺がここにある全てのお金を貰わないのも……そう。こんな大金を俺に使わせるよりも、そっちで動かしてもらった方がきっと有意義にもなるからだ」

「でも……」

「『でも』じゃない。有意義に使ってくれれば使ってくれるだけ俺へのお礼になる。聖々教がもっと力をつけてくれたら、この紋章印……俺の後ろ盾になる効果が強くなるんだから」

ニーナの抵抗をもろともしない漆黒。

思惑をわかりやすく教えてくれたことで、点と点が線で繋《つな》がった。

そこまでの考えを張り巡らせていたことに驚きである。

また『アンサージ家ならできる』と信頼しての行動を取ってくれた。

ならば、その期待に答えることこそが漆黒に対する最大のお礼であり、押し問答はするべきじゃない。

「──わかった。それじゃあお返ししてもらったものは有意義に使うことを約束するね。この家宝は物が物だけに、有意義に使うのは難しいかもだけど」

「もう仕方ないの。これが漆黒様の意向なんだから」

「お、お姉さま⁉」

「本当に助かる」

なぜかホッとしているような声が耳に入る。

嬉しそうな声だとも言えるのか、嫌味を一切感じない。

（これってやっぱり、お互いに力を合わせて、より良くしていこうってことかのかな……？）

マリーはまた思い返す。大聖堂の裏庭でリフィアに相談した時の言葉を。

『漆黒様は当家の紋章印よりお金を喜んでいたように感じたわよ？』と。

お金は働けば手に入れられるものだが、公爵家の紋章印はいくら働いてももらえるものではない。

それはおかしいという返しをしたマリーは、次の言葉を聞いたのだ。

『孤児《こじ》を含《ふく》め、困っている人を助けられる見立てが増えたから、喜ばれたのだと思うの。だって、お金に困っている人なら別荘をもらっても喜ぶはずだし、あんなに立派な武器や防具を揃《そろ》えられるはずもないし、カレンのことも上手に構っていたからきっと子ども好きなはずだもの』と。

聖々教は孤児院への支援、援助も行っている。

お金を全額受け取らなかったのは、そちらに影響が出るのかもしれないと考えたのならば――。

資金を拡大することで、協力することで、困った人々をより助けられると考えたのなら――。

（も、もう聖々教に力貸してくんないかな、この人……。特別補佐的な感じで……）

力があって、優しくて、驕《おご》ることもなく、なにより善人で。

どうしてもこちら側に引き込みたくなる。

『マリーはきっと好きなタイプよ。漆黒様のこと』

「……ッ」

ふと、リフィアの言葉が脳裏をよぎったその時。

「っと、そうだそうだ。これ俺からの渡し物。ほらニーナ」

引き出しを開けてゴソゴソする漆黒は腕を伸ばす。その手に持ったものを受け取った妹はすぐに首を傾げた。

「これは……鍵《かぎ》ですか？」

「ん、この屋敷の鍵」

「へっ⁉」

(は⁉)

鍵を渡されたのがマリーなら、心の声が必ず漏《も》れていたことだろう。

「この屋敷、見ての通り持て余してるから、なにかあったら自由に出入りしてくれ。二人揃ってでも、一人でも」

「よ、よろしいのですか⁉」

「そりゃまあ。公爵家の姉妹にも同じように渡してるから、待ち合わせ場所にここを使ってもいいいし、遊んでくれてもいい。もちろん俺が寂《さび》しいとか、怖い思いをしてるとか、そんなわけじゃなくて、こんな立派な屋敷を持て余すのはもったいないからな」

「あっ、ありがとうございますっ！」

「ちょ……」

合鍵《あいかぎ》を受け取った瞬間、彼に飛びつくように抱きついたニーナ。

本来ならば止めないといけないところだが、それはもう嬉しそうにしてる妹の顔を見たら、自由にさせたくなってしまう。

(……いや、もったいないにしても普通そんなことしなくない……？　って、この感じだとリフィーはリフィーで合鍵渡されたこと内緒にしてそ……)

リフィアの性格だ。もうこの屋敷に一度か二度訪れていることが簡単に想像つく。

「ああ、それとマリーさん」

「なっ、なに？」

「屋敷《ここ》じゃなにも遠慮することはない。楽にしてもらっていいし、俺もそっちの姿の方が好ましい」

「……ぁ。う、うん……。ありがと……」

顔もわからない相手から、いきなり素を褒《ほ》められてしまう。

初めて異性から素を褒められてしまう。

(な、なんでいきなりそんな……)

「よかったですね、お姉さま」

「う、うるさいって」

ニーナからからかわれるが、それだけ貴重な言葉なのだ。

『マリーはきっと好きなタイプよ。漆黒様のこと』

あの言葉が再び脳裏によぎるマリーは、それから先の雑談に集中することができなかった。

この時、抱きついているニーナが羨ましくなった。

そんな時間を忘れてしまうほどの会談は、漆黒との別れを早く感じさせるものになっていた。

幕間三

Yarikondeita game sekai no akuyaku mob ni tensei shimashita

「本日は誠にありがとうございました。道中気をつけてお帰りくださいませ」

御三方の会談も無事終わり。

アンサージ家御一行に頭を下げながら、最後まで見送る駐在は、人一倍気を引き締めた表情で書斎に向かっていた。

このお屋敷の主《あるじ》、素性《すじょう》を探ることすらも禁じられている漆黒《しっこく》様に会うために。

（本来はあまり関《かか》わりたくないところですが……）

念のため――関わりたくないというのは、生理的に苦手だからというわけではなく、恐れ多い存在だから。

『くれぐれも失礼を犯さぬように』とディゴート様からあれだけ釘《くぎ》を刺されるというのは、公爵様でも手に負えないという証拠。

『もしなにかトラブルを起こそうものならば、こちらでも責任を取ることができない』と言っているようなもの。

公爵《こうしゃく》の身分を持つ相手にここまで言わせられるというのは、ごく少数の人間にしか無理なことだろう。

「……なに一つとして無礼のないように」

小声で独り言。

今一度心を引き締めた後、書斎をノックし、許可を得て中に入る。

目に映るのは書斎の椅子《いす》に座っている人物。

失礼であることは承知の上で、ディゴート様よりも存在感を放つ漆黒に最敬礼をして労《ねぎら》いの言葉をかけるのだ。

「ご会談お疲れ様でした。マリー様、ニーナ様がお帰りになりましたので、そのご報告に参りました」

「あ、ああ……。わざわざありがとう」

「いえ。お仕事の一つですから」

（どこかお疲れになった声であるのは……きっと私の気のせいでしょうね）

「いやあ、それにしても長かったな……」

頭を両手で押さえ、スポンと鎧兜《よろいかぶと》を脱ぐ目の前の人物。

「あの、ご会談中はずっとそちらを被《かぶ》っておられたのですか？」

「まあ必要だったから」

「そうですか」

（私がもっと利口ならば、『必要』の意図をもっと理解できていたのでしょうね……）

多くを語らない人物であるだけに、説明を求める行動で気を害してしまう恐れがある。

そして、この意図を理解できる者ばかりが彼の下に集まっていたことが容易に想像できる。

「あ、そうだそうだ。この屋敷の鍵をあの二人にも渡したから、もしお邪魔する時は対応を任せる」

「承知しました」

「驚かないんだな?」

「お別れ際になりますが、ニーナ様が大変嬉《うれ》しそうに玄関の鍵穴《かぎあな》に鍵を挿し、何度も開け閉めをされておりましたので」

「ははっ、なるほど。やっぱりそういうところは年相応なんだな」

頬杖《ほおづえ》をつきながら目を細めている漆黒様。

(……初めて拝見したでしょうか。笑顔のご表情は)

気を許してくれた証なのかもしれない。人懐っこいと言えるような表情を浮かべているが、甘いマスクに騙《だま》されてはいけない。

「マリー様はですが、漆黒様のことをとても好意的に感じられたそうです。また近々ご訪問したいと申されておりました」

「お世辞でも嬉しいな、それは」

「お世辞ではないかと。『ご機嫌』という言い方では角が立ってしまうかもしれませんが、あれほどのマリー様を拝見したのは初めてですから」

――だからこそ、恐ろしく思うことがある。

「まあ、それは『お礼を済ますことができた』みたいな安心感があったんじゃないかな。家の代表としてきたわけだし。あの若さで」

「あなた様の〝話術〟でそのように動かしたのでは？」

「まさか」

手を振って、首も振っての即答。

一見すれば本当に否定しているようだが、これは謙遜《けんそん》の一種だろう。さまざまな情報を持っているだけに、上手な演技にも騙されたりはしない。

「ん？　なにその疑うような目」

「無礼な目に変えたつもりはございませんが、（ディゴート様を参らせてしまうほどですから）そのくらいはお手のものでは？　と思いまして」

「そんな余裕が欲しいもんだよ。本当に」

「……」

『その軽い返事が余裕を持っている証拠でしょう？』とは言えない。

心優しい人物で、寛大な人物なのだろうが……立場に見合うだけの食えない人物である。

まだ若いアンサージ家の姉妹には、ご機嫌にさせる易《やさ》しい話術を使い、胃を痛められてもいるディゴート公爵に対しては、スイッチを入れて容赦のない話術を使ったのは間違いないのだから。

（これはかりは本当に祈るばかりです。そのスイッチが私に入らないことを……）

想像をするだけで恐ろしいものである。

――三強の一角、アンサージ家の紋章印をいただいたのにもかかわらず、値がつけられないほどの価値があることも理解しているだろうに、話題にすら挙げず、自慢もすることなく、ただただテーブルの上に放置している様子も本当に恐ろしいものである。

既に〝幾つもの紋章印を所持している〟影響なのか、目の前の人物だけはその価値が歪《ゆが》んで見えているかのようで。

一つ断言できるのは、あり得なすぎる光景だと。

（……）

私は現実逃避をするように天井を見上げる。

早くこのお屋敷の主の価値観に慣れなければ、と。

第九章　偶然の対峙

Yarikondeita game sekai no akuyaku mob ni tensei shimashita

アンサージ家が乗っている馬車の四方を護衛が囲み、帰路を辿《たど》る中――。

「ねえねえ、ニーも聞いた？　聞いたよね⁉　アタシは素の方がいいんだって！　もーこんなこと男の人から言われたの初めてだって！」

「お姉さま、もう少し声を落とさないと周りに聞こえてしまいますよ？」

「このくらい平気平気！」

足をバタバタさせて超がつくほどのご機嫌ぶりを見せるマリーと、呆《あき》れ顔のニーナがいた。

「……漆黒《しっこく》様とお会いする前は、あんなにも震えていたというのに」

「ほぉん？　あのお屋敷の玄関の鍵《かぎ》を嬉《うれ》しそうにガチャガチャガチャガチャしてた人には言われたくないし」

「っ！」

『喧嘩《けんか》するほど仲がいい』という言葉を体現するように、言い合いを始める姉妹である。

「って、ほら。その鍵渡して。アタシが持っとくから」

「い、嫌です！」

「嫌とかそんなこと言ってる場合じゃないって」

「こ、これは漆黒様がわたしに渡してくださったものですっ！」

両手で屋敷の鍵を握《にぎ》り締め、絶対に守る意志を見せているニーナ。確かに言い分は間違っていないが、なんの理由もなく促《うなが》しているわけではない。

「はあ……。それじゃあ鍵を失《な》くした時はニーが全責任を取りなよ？　しっかりしてるように見えて、おっちょこちょいな部分があるんだからさ」

「……」

心当たりのあるニーナの抵抗はすぐに終わる。

「そうそう。これ失くしたら洒落《しゃれ》にならないんだから」

しゅんとしたまま両手で鍵を差し出し、しっかりと受け取ったマリー。

姉らしい一幕を見せれば、すぐに漆黒の話題に戻すのだ。

「……てかさ、冷静になるとマジでヤバいね、あの人。アタシの素一瞬で見破ってさ。絶対にバレないと思ってたのに、なにあの観察眼……」

「お父様も言っていたではありませんか。『あの方になら見破られても不思議ではないだろう』って」

「それはそうだけど、本当に半信半疑でさ？　『促されたら必ず従うように』って命令されてなかったら、アンサージ家の印象絶対悪くさせてたよ」

最初は『バレるはずがない』との考えで、取《と》り繕《つくろ》い続けようとしたマリーなのだ。

「一応聞いておくんだけど、なにか疑われる要素あった？」

「お姉さまは完璧《かんぺき》に立ち回られてたかと」

「だよねえ？　マジでどうなってるんだろ……」

『楽にして』と言われることは社交辞令の一つだが、数回と繰り返されたら意味が変わってくる。

『わかってるから取り繕う必要はない』と。

——その含《ふく》みを持った『楽にして』の言葉に従わなければ、鬱陶《うっとう》しく思われていたのは間違いないだろう。マイナスな印象を持たれていただろう。

頭が上がらないほどの恩人にそう思わせてしまえば、アンサージ家の沽券《こけん》に関《かか》わっていた。

「それにさ、新宗教団体の情報、正確に掴《つか》んでる気しなかった？」

「それはわたしも思いました」

「もしかしなくてもこの街の情報全部持ってそうだよね？　あの人」

「……新宗教団体の情報をリークしてくださった方、漆黒様だったりするのかもですね」

嬉しそうに微笑《ほほえ》みながら、確信めいて言うニーナ。

「『間違っていた時の責任が取れない』という理由で匿名《とくめい》でしたけど、匿名ということらしいので」

「防具で顔を隠《かく》してたのもなにかと匂《にお》うしねえ？」

「お父さまもそのように考えていて、本日は誘い出しの策を取ったのだと思います。そこまで情報を摑んでいる方の『両親を来させるのは好ましくない』ですから、なにかがあるのは明白です」

「筋は通ってるけど、さすがに今日ってことはないような気もするけどね」

点と点が線で繫《つな》がり、鳥肌が立つマリーだが、その可能性を否定する。

「そこまで正確にわかってる場合、内部に忍び込んでるってことになるでしょ？　それもこの街に来て間もない人が。実際それは不可能でしょ」

「わたしのことを助けていただいた時も、その忍び込みでしたよ？」

「……」

本来なら100％通る反論が、その実績によって潰《つぶ》される。

「い、いやいや、さすがにそこまで動く義理はなくない？　ただでさえ忙しそうだし」

次にはもう感情論に発展してしまうマリー。

「そんなに動いてくれてたらどんだけ聖人なのって話じゃん？　そんな労力かけてたら、家宝《これ》は受け取るべきでしょ？」

「漆黒様はお礼を受け取るような方ではないじゃないですか」

「……」

また反論が潰されるも、ニーナの言う通りだった。

今回用意したお金の半分も、有意義に使ってほしいと返されてしまったくらいなのだから。

安直ではあるが『孤児院の支援に回してほしい』ということだろう。

「はあ。マジでカッコいいねえ」

思い返せば――欠点が何一つとして見つからない漆黒から言われたのだ。

『屋敷《ここ》じゃなにも遠慮することないから。楽にしてもらっていいし、俺《おれ》もその姿の方が好ましい』と。

「……」

容姿がわからない人物だが、人柄しかわからない人物だが、どこか頰《ほお》が熱くなってしまうマリーである。

「本当……いい人に助けられたね。ニーは」

「ふふっ、何度もそう言いましたよ？」

「まあまあ改めてそう思っただけ」

お互い笑みを浮かべながら、平和なやり取りをする姉妹。

そんな時間が何十分と馬車の中で過ぎただろうか……。

「ん？　ちょっ、あれなんかヤバくない？」

大聖堂の入り口には、厳戒《げんかい》態勢が敷かれているように警備兵が数多く集まっていた。

「なにがあったんだろ……」

「お、お姉さま。怖いです……」

「大丈夫だって。心配しないの」

ニーナを力強く抱き寄せるマリーは、護衛の一人が現状を聞きにいっている光景を目に入れる。

そして、聞くことになる。

「——例の件、万全な策を立てていたことにより、虚偽《きょぎ》の風説を流布《るふ》することもなく無事に対処されたとのことです！」

「ッ‼」

一瞬で安心できる言葉を。

「今現在は名誉毀損《めいよきそん》を含めた罪に問うため、示威行為《じいこうい》を行った者から首謀者の情報を集めている段階にまで進んでおります！」

漆黒が手のひらで転がした結果と言えるのか、諸悪の根源を潰す言葉も。

——その後。姉妹で大聖堂に戻りすぐのこと。

「な、なぜお礼品を持ち帰ってしまったのだ⁉　なぜ合鍵まで持って帰ってきてしまったのだ⁉」

「マリーったら……」

「うん、二人の気持ちは十分わかる……。あれだけシミュレーションをしたわけだし、あの人が助言をくれたおかげで、新宗教団体の件でこっち側に尾ひれがつくこともなかったわけだから、完璧なお礼をするべきだっていうことはさ⁉」

アンサージ家の代表として無事にお礼を終えたマリーは、両親との言い合いが始まっていた。

この場にニーナを外しているのは、あえてのこと。

『漆黒に〝助けられてしまったせい〟で家族が揉《も》めてしまった』と考えてしまわないように、である。

「でも、これぱっかりは本当に仕方なかったんだって！」

理解を示しつつも、一歩も引かないマリーは、素を全開にして伝えるのだ。

「もー言い訳だと思われてもいいから言わせて。マジであれは無理だから。アタシが取り繕ってることもすぐバレたし、手のひらで転がされてばっかりだったし、全部を掌握《しょうあく》してるような人に言い勝つのは無理だって」

「……」

「……」

両手を振って、首まで振るマリー。

降参とアピールする娘に黙《だま》ってしまう二人だが、間を空けて口を開く大司教——父親だった。

「も、申し訳ない。マリーがそこまで言うのなら、そうなのだろうな……」

素はヤンチャなマリーだが、頭の良さはかなりのもの。立ち回り方だって他に引けを取らないほどできている。

そんな娘が、手に負えなかったと言っているのだ。冷静になるのは早かった。

「予想をしていなかったわけではないが、あのお方はそれほどまでに掌握していると言うのか……」

「間違いないよ。だってさ、アタシからの報告を聞いて、なおさらお礼に伺おうとしてるでしょ？　二人は」

「もちろんそのつもりだ」

父の言葉に続くように頷《うなず》く母。

「こうなることを見越して改めて言われてるからね？　『両親に来てもらう必要もない』って。『これ以上のお礼を受け取るつもりはないから屋敷に来たところで無駄足《むだあし》になる』って」

二人の性格を知っていなければ、こんなことは言えないだろう。

そして、関わりもないはずなのだ。知ったキッカケすらも想像ができない。

「ね、ねえ。本当にそのようなことをおっしゃっていたの？」

「神に誓って」

「だ、だが……無駄足になろうと、誠意は見せるべきではないか？」

「『他にやるべきことがあるだろう』だって」

要領がいいマリーは、対面した時に交わした内容を思い出しながら、漆黒が口にした言葉をそのまま伝えるのだ。

「『無駄足になるようなことをするくらいなら、もっとこの街のためになることに時間を使ってほしい』って。あとは『もっと力をつけてくれたら』的なことも言ってた」

「そ、それは……あの紋章印では……我々の後ろ盾ではなんの力にもなり得ない……と？」

「プ、プラスに捉《とら》えましょう？　後々、漆黒様の力になり得るとの判断をいただいたと……」

「その言葉聞いた時、アタシも『マジで？』って思ったよ」

ブルッと身震いをする両親。

本来ならばあり得ないのだ。三強の一角、アンサージ家の後ろ盾が力にならないなど。

そのように言われたことはなかったのだ。当然、バカでも言わないことなのだ。

バカでも言わないとなれば、それが現実なのだろう。

「本当、おかしいでしょ？　アタシは対面した時に言われたことを繰り返してるだけなのに、二人の説得に使えてるんだから。面白《おもしろ》いくらいに先を見通してるんだって」

思い返すことでバケモノぶりを改めて体感するのだ。

「で、この返されたお礼は街のために使うようにだって。家宝に関しては街のためには使えないから、大切に扱《あつか》えってことだと思うけどさ」

「お金の方はそのように……ということか」

「『有意義に使ってほしい』って言ってた。こんな大金を目の前にしても、そんなことが言えるんだから素直に尊敬したよ」

ふっと微笑みながら言うマリーである。

「……そうか。我々があの方とお会いできるのは、それをしっかり行えた後、ということなのだろうな」

「『誠意を見せる覚悟があるのならば、このくらいは簡単だろう』とお伝えになっているようにも感じるわね」

「そんなわけで、お礼は全部渡せなかったけど、お互い納得の形でお礼はできたから」

「わかった。ご苦労だった」

「ご苦労様でした。マリー」

「あっ……」

労《ねぎら》いの言葉を言われ、マリーは一番大事なことを思い出す。

「今、めっちゃ鳥肌が立ったんだけど……あの人から二人に、『いろいろとお疲れ様』だって伝えるように言われてたんだ」

「…………」

「…………」

「こ、これ……アレのことだったわけね……」

途端《とたん》、静寂《せいじゃく》が包み込むこの一室で顔を見合わせる三人。

詳しい説明はいらない。

これは間違いようもなく、新宗教団体の件での労いだろう。

今日、動きがあることを理解していなければ、絶対に言えないこと。

大司教の父、司教の母。二人の脳裏によぎる。

『その件が解決したタイミングで帰してやったぞ？』と、したり顔をする漆黒の表情が。

「本当に恐ろしいほど頼りになるお方だな……」

「て、敵にだけは回せないわね……」

「まあ、こんな人だからヴェルタールに所属してるんだろうね。それもかなり上の立場に」

反論は出ない。

状況証拠からはそうとしか言えないのだから。

「あ、そういえば！　今回の首謀者《リーダー》の情報は集まったの？」

これを深掘りしてしまうのはご法度《はっと》。

すぐに思い出すマリーは慌《あわ》てて話題を変え、すぐに拾い上げる母親である。

「えっと、できる限りの情報を街に回したから、この街からの逃亡を図るでしょうね」

「は？　捕《つか》まえないの⁉」

「そのように動いていないわけではないけれど、信仰してくださっている方や、漆黒様に捨て身で復讐《ふくしゅう》する恐れもあるから、逃げ道を完全に塞《ふさ》ぐことは得策ではないのよ」

「はあ……。あんなに悪意に満ちたことしてたのに……」

がっくしと肩を落とすマリーだが、落としどころとしては間違っていないと判断するのだった。

*

夜も遅くなった時間。

「……お前さん、いい加減他に行く店はないのか？　絶対あるだろ？　高級店とかよ」

「ここがいいんだ。高級店は高い」

本日二回目となる宿屋、エルディに足を運んだ漆黒は、早速注文した料理を食べていた。

「オレが言うならまだしも、めちゃくちゃ金持ってる人間がそれ言うか？」

「金銭感覚は狂ってないぞ？　俺」

「……あ、言われてみればそうだな」

「そこは信じてくれるんだな……」

「お前さんの場合、自分で贅沢《ぜいたく》するよりも、周りのために金を使うタイプだろう？　オレにあんな大金を渡してくれたくらいだからよ」

「いや、あれは渡さないといけないお金だっただけだ。匿《かくま》ってくれた礼なんだから」

本質はケチである。仕事もしていないため、謝礼金で生きているようなもの。稼《かせ》ぎ口《ぐち》もないため、周りのためにお金を使う余裕はないのだ。

「偉いこったな。そんなお前さんに愚痴《ぐち》があるが」

「ほ、ほう？　それは？」

「今、オレがお前さんと対等にしてるみたいな噂《うわさ》が街に広がっててだな……。結果、オレが漆黒専属の情報屋だとかなんだとか、もうどうすりゃいいんだか」

「ははは、一緒に苦労していこうな」

「へ、笑えないぜ」

自分と同じように、誤解されていることを知る。親近感をより感じることで、さらに嬉しくなる。

「なあ、お前さんなにか企《たくら》んでないか？　こうなることを予想して、諸々《もろもろ》なにか動いてるんじゃないか？」

「まさか」

「どうだかねえ……。はあ。胃痛で死にそうだ。お前さんのことだから、どうせ水面下で動いているんだろうな。今後一体どうなっていくんだか」

冗談を言っている様子はなく、本気で心配しているように眉《まゆ》を八の字にしている店主。

なにか企んでいるわけでも、水面下で動いているわけでもないが、さすがに心配はする。

「ああ、薬なら屋敷にあるぞ。なんにでも効くやつ。店主さんになら一個あげてもいい」

「……ん？　な、なんにでも……効く？」

「そう」

ニーナ達を誘拐《ゆうかい》していた悪党から、布袋に入ったお金を奪い取った時、できる限り詰めたのだ。

ツリーハウスの中にあった万能薬を。

今は屋敷に7個。ツリーハウスに10個置かれている。

「目が悪かったニーナに使った薬がそれだから、効果は保証する」

「……ちょい待て。あ、あのな。オレが想像してる薬なのかはわからないが、もし想像する万能薬なら……どう考えても胃痛に使う薬じゃないよな。絶対そうだろう？」

「それくらい感謝してる」

「じゃあよお、そんな感謝しないでくれ」

「なんでだよ」

「オレはもうお前さんが怖《こえ》えよ」

「なんでだよ」

親切心を働かせればこれである。そして、『怖い』と言ったのは本心っぽい。

「なんでまだその薬持ってるんだよ……。てか、マジで持ってんのかよ……」

青い顔をしてボソボソと、あからさまに距離を取ろうとする店主で。

「あ、そうだ。最後に店主さんに渡したいものが」

「逆に頼む！　いらん！」

「そんなこと言わずに」

今日、ここに顔を出したのはこれを渡すためでもある。

店主とはこれからもよい関係を築《きず》いていきたい。と考えているのだ。なおさら筋を通しておきたいことがある。

刀剣に巻いた紐《ひも》を解《ほど》いて、金銭が入った布袋をカウンターに置く。

「なあ、今えげつない音がしたよな……」

「まだ全部の礼が済んでなかったから。だから多めに入ってる」

「……」

「ちなみに無理はしてないぞ。また臨時収入が入って。てことで、これでようやく恩を返せる」

中に入っているのは200万とご褒美《ほうび》代の3万レギル。

カイは覚えている。情報提供を呼びかけていたのは三強であることを。そして、その報酬《ほうしゅう》が各々《おのおの》100万レギルの計300万レギルだったことを。

つまり、今回で全《すべ》て返済できたことになる。

「うーん。お前さんには悪いが……さすがにこれは受け取れねえって。もう十分なんだ。借りはもう十分返してもらってる」

「その手の気持ちはよくわかる」

眉を寄せながらコクコクと頷く。

今日、アンサージ家のマリー、ニーナに対して言ったことと同じような言葉を口にしている店主なのだ。

猛烈な同情を感じるのは当たり前。

だが、同じような立場を経験した男だからこそ、この手の際にお礼を受け取ってもらう方法がわかるのだ。

「店主さん。これを受け取らなかったら、どうなると思う？」

「……ど、どうなるんだ？」

「それは俺の口からは言えない」

「ッ!!」

意味のわからないことを聞けば怖くなる。受け取るしかなくなる。

怖がらせてしまうのは申し訳なく思うが、実際は適当を言っているだけ。大目に見てほしいところ。

「……まあ、どうしても受け取れないっていうなら、懐《ふところ》に入れるわけじゃなくて、店のために使ってほしい。お試しに子ども料金を作って集客してみたり、他には……炊き出しとかして店をアピールしたり。win-winなことはできると思う」

「わ、わかったよ。受け取らなかったら怖えし……」

「本当に助かる」

これにて、ようやく借りを返せたと言っていいだろう。

布袋を移動させようとしたのだろうか、手に取ってその重量を感じ取った店主は、手を震わせながら……なぜか元の場所に戻す。

「……お前さん」

「うん？」

「例の件、気をつけろよ？　なんかこんな感じの金を持ち歩いてることが多いような気がするからよ……」

「え？」

「って、すまん。お前さんの場合、全部返《かえ》り討《う》ちにするに決まってるか」

「……ん？」

先ほどの仕返しではないのだろうが、意味がわからないこと返されてしまう。

全く要領が摑めないことだが、それ以上は聞かないことにした。

怖いため物騒《ぶっそう》な話題には触れないことにした。

そんなカイが店を出たのは、10分後のこと。

布袋の中身を見た店主が腰を抜かしたのは、カイが店を出てすぐのことでもあった。

＊

この街にどれだけの貢献《こうけん》をしていようとも、どれだけの善行を繰り返していようとも、どれだけの信頼を集めていようとも、全員がよい感情を抱くわけではない。

権威や権力持っているだけで、自分にはないものを持っているだけで、尊敬されているだけで——敵を作ってしまうことがある。逆恨《さかうら》みされてしまうこともある。

『聖々教《せいせいきょう》』という宗教団体のせいで、勢力を拡大しているせいで、それを作ったアンサージ家のせいで、先祖が築き上げた別の宗教が潰れてしまうことだってある。

競争に負けた者は、勝者に対し、憎悪を向けることだってある。

「——ハァ⁉　あ、あの計画が失敗しただと⁉　レッドフリードからの情報だっただろ⁉」

「そ、それが……全部筒抜けだったみたいで、大聖堂の裏には大司教《あれ》と司教《あれ》が裏に待機していたみたいで……。つまりは完璧に誘い出されてしまったと言いますか……」

「これは完全にやられたかあ。ワタシ達のことは聴取されてるだろうし、お金で集めたコマも取られちゃったし」

「一番恐れていた事態だな……」

アンサージ家に恨みを持つ一団——聖々教に泥《どろ》を塗り、衰退《すいたい》させるため、犯罪組織のレッドフリードと互恵関係持っていた一団。

その関係者である男女四人は、とある地下室に集まっていた。

「一体、俺達の計画はどこで狂ったんだ……。アンサージの奴《やつ》らがそんなことを簡単に決行できるとは思えない……」

リーダーの男は、腕を組みながら眉間《みけん》にシワを寄せる。

アンサージ家の立場上、信者に不信感を与えるような真似《まね》——『待機』などできるはずがない。

『賭《か》け』で誘い出すような行動ができるはずがないのだ。

「え、えと、実は今回の件はヴェルタールの所属者っていう漆黒が手を貸してるらしくて……」

「ヴェ、ヴェ……ハッ⁉　あのレッドフリードの誘拐計画を潰した張本人か⁉」

「う、うん。だからレッドフリードもその男に恨みがあって、関係築いてるアンサージを潰すために今回の情報いろいろくれたんだけど、この結果は予想してなかったみたい……」

「う、うげー。アイツらそんなところとも繋がってたの？　マジでムカつく」

私怨《しえん》がさらに深まる情報。

また、ここでおかしなことに気づく一人。

「……なあ、お前らは気にならないか？　誘い出されたってことは、レッドフリードからの情報と示し合わせた計画まで知られてたってことだろう？　オレ達の中に漆黒の内通者がいるんじゃないか」

「待て！　それは疑心暗鬼になりすぎた。ここにいるメンバーにそんなヤツはいない」

「そ、そうですよ。共通の敵《アンサージ》を潰すために集まっているわけですから……」

「なんかさー、そんなことを言って対立させようとしてるアンタが怪しいけど？」

「なんだと⁉」

「お、落ち着け。落ち着くんだ。漆黒に掻《か》き回されるんじゃない」

パンと手を叩《たた》き、場を閉めるリーダー。

今は内部で争っている暇《ひま》はないのだ。協力してこの街を出なければならないのだ。

――捕らえられないためにも。

「あの、確信はないのですが……今回の件で我々の邪魔を一番にしたのは、漆黒と繋がりのある情報屋だとわたしは思ってます……」

「情報屋、だと？」

「実は今日、風の知らせで聞いて……エルディという宿の経営者が漆黒とかなり繋がりがあるようでして、お礼品を受け取っていたという情報があって……。なので、情報屋から情報を受け取った漆黒がアンサージ家に策を講じたという線が一番しっくりくるというか……」

　この言葉を聞いた途端、三人の目つきが変わる。

「へえ、つまり店主《ソイツ》が全ての原因なのね。あたしらの計画をオジャンにしやがったヤツは」

「……それは舐《な》めてんな」

　二人の気持ちを汲《く》み取るリーダー。

　何年もかけて立てた計画が、順調に進んでいた計画が、一瞬にしてパーになったのだ。気持ちは十分にわかる。

　そして、捕まる可能性を考えたのならこの街にはもう長くいられない。無論、それをわかっているのはこの一団だけではなかった。

「あ、あのね、レッドフリードから依頼を一つ出されてて……。街を出るなら、その前に漆黒の関係者の一人でも潰して圧力をかけてほしいと。漆黒の意識を分散させろと。その恩は後々アンサージ家を潰すことで返してやるって言ってたよ」

　計画を潰してくれた漆黒が共通の敵になったのだ。

　命令に従うとともに、憂《う》さ晴《ば》らしもできる。恩を売って、アンサージ家をあのレッドフリードに潰してもらうこともできる。

　リーダー格の男はニヤリと笑う。

　漆黒と戦っても勝ち目はないだろう。仮に勝てたとしても、致命傷を負わされるだろう。

ならばその仲間を——弱い者を狙《ねら》うのは当たり前のこと。

「で、でもわたしにはなにか嫌な予感が……。このまま逃げた方が……」

「なあに、ちょっとばかり邪魔するだけさ。俺達の情報が出回ってるって言っても、顔が特定されてるわけじゃない。さらに夜だ。今なら心配することはない」

「賛成賛成。どうせトンズラしないとだから、その前に潰してやろー」

「泣き顔が目に浮かぶぜ」

「………」

好戦的な三人を静かに観察する女。

なぜか誘導されているように感じ、冷や汗が流れるが……杞憂《きゆう》だというように首を横に振る。

エルディの情報を聞いたのは、偶然のこと。

こう計画したのは、つい先ほどのこと。

ここは地下室。情報が漏《も》れることはない。

——誘い出されているわけがない。

やり返したい気持ちは皆と同じ。何年も費やした計画を簡単に潰されたのだから。

『やってやる』というように握《にぎ》り拳《こぶし》を作る。

「よし、グダグダしてる暇はない。行くぞ」

リーダーの指示に従い、顔を隠すローブを全員で羽織《はお》る。

最大の計画は失敗したが、一旦《いったん》の気は晴らすことはできる。

レッドフリードに恩を売れば、一団の意志を引き継いでくれる。代わりになってアンサージ家を潰してくれるのだから――。

*

「なんなんだろ……。本当に」

宿屋の中にある食事処《どころ》でお腹《なか》を満たしたその後。

退店した漆黒は、警戒心を最大に働かせながら、最大限の慎重さを持ちながら、帰路を辿《たど》っていた。

――この間も思い出される店主との会話。

『例の件、気をつけろよ？　なんかこんな感じの金を持ち歩いてることが多いような気がするからよ……』

『え？』

『って、すまん。お前さんの場合、全部返り討ちにするに決まってるか』

『……ん？』

時間が経《た》てば経つにつれて、思うのだ。

ちゃんと詳細を聞いておけばよかったと。

『怖いから物騒《ぶっそう》な話題には触れないようにする』なんて考えを持つべきじゃなかったと。

「返り討ちってなんだよ……。俺が狙われてるってことか……？」

心当たりはなにもない。

後ろめたいことはなく、普通に過ごしていたのだから。

誰《だれ》かを攻撃したことも、攻撃されるようなこともしていないのだから。

本当にこれっぽっちも意味がわからない。

「はぁ……。そんな話聞いてたら、こんな時間に出歩かないって……」

もう夜も遅い時間。

空を見上げれば、二つの月が悠々と浮かび上がっている。

「そんな情報はもっと早く教えてくれよ……。って、なんで返り討ちとかそんなことになってるんだよ……」

店主の顔を想像しながら理不尽《りふじん》に文句を吐くが、これればかりは仕方のないこと。

考えれば考えるだけ、薄闇《うすやみ》の帰り道が怖いのだから。

自宅に向かえば向かうだけ、街明かりも減っていくのだから。

「てか、あの宿に泊まればよかったよな……。安全第一で……」

今、名案に気づいてしまう。

足を止めて後ろを振り向くが、今さら戻るのはダサい。ここまで来たらもう面倒でもある。

「ま、まあ、そう簡単に襲《おそ》われるようなことが起きるわけもない……か」

導き出す結論はこれ。

だが、しっかりと保険は掛けておく。

腰にさした柄《つか》を握り、長い刀身をゆっくりと引き抜けば、切先を地面に向けながら、形だけの戦闘準備を完了させる。

街中で武器を抜いている。

こんな姿を住民に見られたのなら必ず通報されるだろうが、人気もない道で、闇夜《やみよ》に溶け込める漆黒の装備は目立つこともない。もし通報をされたとしても、しっかりと状況説明をすれば問題ないだろう。

(仮によからぬ奴がいても、この格好で見逃してくれると……)

強そうな見た目をしているのは一番にわかっているからこそ、長所を消さないように。

できる限りの堂々さを意識しながら帰路を辿ること約10分。

「……ん？」

小川の上に造られた石橋を渡ろうとしたその時だった。

――複数人の足音が奥から耳に入ってくる。

普段なら特に気にしないことだが、店主の言葉が脳裏に焼き付いている今、鳥肌が立つ。

その状態でどんどんと気配が近づいてくる。

強張《こわば》る顔で無意識に足を止めたその瞬間、出会うことになった。

ローブを羽織り、殺し屋のように容姿を隠した四人組と。

「……」

「……」

「……」

「……」

「……」

視線が交差した途端に、この場を包み込む静寂。

相手も同じように足を止め、警戒態勢に入ったことが伝わってくる。

手練《てだ》れだというのは本能でわかる。さらに、店主が言っていた『絡《から》んでくる者たち』だと直感で伝わってくる。

(な、なんかヤバいな……。これは非常にマズいな……)

勘違いとは断じて言えない雰囲気に襲われる今。

――誰も助けを呼べない状況。あまりにも不利すぎる1対4の構図。

緊張、不安、恐怖。たくさんの感情が混じり合う。

その不運を証明するように、リーダー格の男が声を上げる。

「ッ!!　し、ししし漆黒!?」

標的にしているからこその、この反応で。

「……」

なにか言葉を返さなければ、挑発《ちょうはつ》だと考えられてしまう。人数有利とばかりに襲いかかられる可能性もある。

そんなことをされれば、待っているのは最悪——死。

仮に許されてもボコボコにされて追《お》い剝《は》ぎをされることだろう。

今この場で、もっと警戒させることを、強さを滲《にじ》ませられることを言わなければいけない。

そう必死に頭を働かせた結果、口を動かすしかないのだ。

「……よ、ようやくお出ましか。物騒なことを考えているお前達の、な」

震える声を、どうにかドスの利《き》いた声に変えて、できるだけ強さを窺《うかが》わせるセリフを。

子鹿のように震えてしまいそうな足をどうにか抑え込み、余裕をアピールするように鼻で笑い、強者っぽいオーラを見せつける。

「この俺を相手にたったの四人……。随分《ずいぶん》と舐められたもんだ」

「ク、クソが……。舐めやがって……」

前に一人、後ろに三人の陣形を固めている四人組。

後ろの三人はなにやら慌てた様子でやり取りをしているが、その声は聞こえない。

「クソがクソがクソが!!　お前のせいで、オレたちの計画がむちゃくちゃだ!!」

「……いや、それは誤解だ」

「ふざけたこと抜かしやがって！」

「ぁ……」

カイが素の情けない声を漏らしたのは、リーダー格の男が声を荒げ、途端に剣を引き抜いた姿を見て。

「悪いなお前達……。また漆黒《アイツ》に誘い出されてよ……。お前らはもう逃げろ。ここはオレが足止めする」

（え？）

「水臭いねえ……。ここまで来たら最後まで付き合うって」

「わたしも……です」

「同意する。あの男に勝つ以外にもう逃げ道は残されていないだろうしな」

リーダー格の男が声を張り上げたからか、残りの三人もそれに続く。

戦闘の覚悟を固めたからか、束《たば》になった敵意が向けられる。

（ちょ、ちょ……）

今の今まで引いてくれると希望をいだいていたが、その願望が潰《つい》えてしまう。

剣に刀に魔法杖。全員が武器を取り出し、今にも攻撃されてしまうと確信し――。

「武器を握りながらよくもまあそんなことが言えるな、漆黒……！　お前から先に戦闘態勢を取っていただろうが」

「まずは一旦話し合わないか。お前達は絶対に誤解をしていることがある」

片手を伸ばし、場を収めるように諫《いさ》めようとする。

「ま、待て」

「……」

が、反論ができないほどの正論を放たれる。もう耳も傾けてくれない状況に陥《おちい》る。

口を開けば開くだけ、空気が重々しく変わっていく。

（ほ、本当にヤバいな……。逃れようがないなこれ……）

なんとか説得を心がけるも、取り返しのつかない敵意を向けられている。

「なんで、こんなことに巻き込まれるんだ俺は……」

背中を向けたら、もう命が潰《つい》えるだろう……。

（や、やるのか俺……。もうやるしかないのか……。ゲームのようにできるのか……）

迷いの言葉を心の中で漏らすが、頭の中ではわかっていた。

生き延びるためにはもう――やるしかない、と。

「ふう……」

恐怖、興奮、緊張。そのごちゃ混ぜの感情を抑え、息を吐きながら戦闘の覚悟を固めたその瞬間、漆黒の鎧《よろい》から、刀剣から、溢《あふ》れんばかりの黒のオーラが溢れ出る。

装備スキル――危機一髪の会心。

「ッ!! お前ら、攻撃に備えろ！」

「防衛魔法《マジックプロテクション》！ 魔法強化《マジックエンハンスメント》！」

「身体能力強化《フィジカルブースト》、身体能力超強化《フィジカルフルブースト》」

魔法士の二人が詠唱中、戦士の二人が前線に出て防衛を。

完璧な連携《れんけい》で、敵の体が青や赤のオーラに包まれ、魔法の付与がされたことを目視する。

「……」

ゲームをしていた頃《ころ》と全く同じ光景。

本来ならば感動する場だが、鬼気迫っている中なのだ。

カイはこの武器を使っていた時と同じ構えを見よう見まねで取る。

握りしめる柄に力を込め、チャージをしていく。

武器スキルの一つとして、15秒のチャージが必要なこの武器、黒刀ディィラハンド。

「……今からでも俺の話、聞かないか？」

「心にも思ってないことを抜かすな」

最後の説得と、無防備な15秒間の時間稼《かせ》ぎ。このどちらも行う。

「そうか……」

だが、時間稼ぎが、興奮した相手にとって刺激剤だった。

「……本当、どうなっても知らないからな……」

「お前ら、行くぞッ!!」

「え……」

号令がされた途端、瞬く間に距離を詰めてくる戦士の二人と、魔法陣を展開させる魔法士。

その時、ちょうど15秒が経ったように、柄を握る手に言葉には形容しがたい感覚が。

「ちょ、速――」

途端、目の前に迫る死期。肝《きも》が冷え、頭が真っ白になりながらやれることはただ一つ。

「ッッ！」

目を瞑《つむ》ったまま、とにかく全力の一閃《いっせん》を振った。

この武器の切れ味を活かした、全ての物体を貫通させる斬撃《ざんげき》――『破斬』。

「え？」

「なっ⁉」

「う⁉」

「っ⁉」

カイに聞こえるのは、キィィィンと刀剣から鳴る甲高い金属音。

その斬撃は、敵の動きを止めるほどの重圧を放ちながら石橋から支柱、その下を流れる川の

水までも真っ二つに。烈風も舞い。

次の瞬間、山崩《やまくず》れするような鈍い地鳴りがこの場に響き渡るのだ。

敵の攻撃態勢が崩れるほどに、ここ一体だけ地震に襲われるようにグラグラと揺れ――。

バギッと大きな亀裂《きれつ》が石橋の全てに入り、石の欠片《かけら》がいくつも川に落ちていき、石粉《いしこ》が飛ぶ。

さらなる轟音《ごうおん》が響いたと思えば、カイは衝撃《しょうげき》の光景を目に入れることになる。

「「「「あっ、あああああああああ!!」」」」

石橋が崩壊《ほうかい》し、橋の上にいた四人が盛大に落下するその現場を。

「え……」

現実だとは思えない光景に呆然《ぼうぜん》とするカイだが、すぐに我に返る。

崩壊した橋を覗《のぞ》き込むように下を見れば、悲惨な状況はなかった。

身体能力を強化していたおかげか、特に怪我《けが》を負っている様子もなく、全身を濡《ぬ》らして腰を抜かしている四人。

呆然と佇《たたず》む中、この騒音を聞き、守衛や住民が集まってきたのはすぐのこと。漆黒は一時帰宅を言い渡されるのだった。

後日、報告書には詳細が記される。

アンサージ家、聖々教の名誉を落とした罪で。職務の妨害を働いた罪。その他の罪も合わせて。

拘束された四人は、嘘《うそ》を見破るアイテムを使われたことで正直に応《こた》えるしかなかった。

『漆黒と関係を持っている宿の店主を襲おうとしていたところ、石橋で待ち伏せされていたこと』を。

『漆黒のたったの一発の攻撃で、石橋が破壊したと』を。

『こちらはなにも為《な》す術もなかったことを』

そして、『ニーナを誘拐したレッドフリードと関係を持っていたこと』を。

『協力関係にあって、アンサージ家の権力を奪おうとしていたこと』を。

四人の取り調べをしていた者は、当時の状況を聞き出せば聞き出すだけ顔が引《ひ》き攣《つ》っていた。

相手が相手なら、見境なしで潰しにかかる漆黒の行動を悟って。

この一件は、街中に響き渡ることになる。

『絶対に怒らせてはならない人物』としても、街中に伝わることになるのだった。

エピローグ

「さ、さっすがだね……。漆黒《しっこく》さんが結局捕《つか》まえちゃったんだ？　逃げてた主犯格は。それも橋を落として戦意喪失《そうしつ》させるって……」

「さすがは漆黒様ですっ！」

「とんでもないことをしますよ。彼《あ》の方は本当に」

騒動があったその翌朝。

アンサージ家にも昨日の情報が回り、腰を下ろして話をするマリーとニーナ、そして副団長の護衛の三人がいた。

「それでさ？　橋の修理費って結局どうなるの？　漆黒さんの全額負担？」

「もし漆黒様がお支払いになるのであれば……！」

「ご安心ください。彼《あ》の方は完全に襲《おそ》われた側であり、自己防衛を行いつつ、お相手を確実に捕らえるにはやむを得なかった、という言い分も正式に認められたらしいので」

「え？　『やむを得なかった』ですか？　それは明らかな嘘《うそ》では……」

「ニー、それは思っってても言っちゃダメだから。その話で進んでるんだから」

「マリー様のおっしゃる通りです」

橋を落とせる人物が、そもそもヴェルタールに所属しているなんて話が出るような人物なら、相手を無力化する方法はいくらでもあったに決まっている。

「……ま、まあ珍《めずら》しいとは思うけどさ？　あの漆黒さんなら粛《しゅく》々《しゅく》とやれただろうに、あんなに大胆にしたわけだし」

「そ、それもそうですね」

ここでマリーとニーナの視線が副団長に向く。

『なにか知ってる？』との含《ふく》みを持つその視線を受け取り、副団長はバツが悪そうにしながら口を開くのだ。

「……実は、今回の主犯格はレッドフリードと関係を持っていた人物らしく」

「っ」

「それマジなの？」

「間違いありません。そしてここからは私の憶測《おくそく》になるのですが、一切の容赦《ようしゃ》をしないことで、これまでの仇討《あだう》ちをしてくださったのだと思います。『もう手を出すな』というあの組織への警告を兼ねて」

力を持つ者しかできないやり方で、実力行使を。

ヴェルタールが犯罪組織から恐れられるのも当然で、紛《まご》うことなき抑制力を持っているのも納得だ。

そもそも新宗教団体とレッドフリードが繋《つな》がっていたなんて、誰《だれ》も予想ができていなかったのだ。

これがなにを指しているのかと言えば、レッドフリードはずっと温めていた新宗教団体を使って、第一にアンサージ家を潰《つぶ》そうと企てたということ。

手のひらで転がされていたら、内部が分解され、力も失い、ニーナやマリーにどんな不幸が訪れていたのかもわからない。

それを心の中では全員が理解しているからか――。

「本当、イケてることばっかりしちゃって……。そんな人に褒《ほ》められたとか、一生の自慢だよ。にへへ」

「……姉様、お顔がだらしないです」

「妬《や》かない妬かない」

「そ、そうではありません！　本当のことを言っているだけです」

――二人は乙女の顔を浮かばせているのかもしれない。

「はあ。あの時聞いとけばよかったなー。恋人いるかどうかとか」

「わ、わたしの漆黒様を取らないでください。それだけは姉様でも許しません」

「……あ！　取らないでって言えば、合鍵《あいかぎ》がいつの間にか保管場所からなくなってる時あるんだけど、あれニーのしわざでしょ！　失《な》くしたら本当洒落《しゃれ》になんないって」

「なんのことだかわかりかねます」

と、返しながら副団長に抱きつくニーナは、『姉様から守って』と訴える行動を取るが、そう上手《うま》くいくことはない。

「ニーナ様、こちらは正直におっしゃるべきかと」

「う……」

「どうせ一人で漆黒さんのお屋敷に乗り込むつもりだったんでしょ」

「そ、そんな迷惑をかけるようなことはしません！　た、ただ枕元《まくらもと》に鍵を置いて一緒にお休みしてるだけです……」

「な、なにその行動……。漆黒さんのことめちゃくちゃ大好きじゃん」

「姉様もそうじゃないですかっ」

今まで姉妹のこのような会話を聞けるとは思ってもいなかった副団長。

嬉《うれ》しい思いを抱きつつ、心の中で漆黒に感謝の意を伝えるのだった。

アンサージ家でこんなやり取りがされているとは知る由もないその漆黒と呼ばれる男は、橋の復旧《ふっきゅう》作業をしている者達へ差し入れする準備を慌《あわ》てて始めていたのだった。

あとがき

初めましての方は初めまして！

お久しぶりの方はお久しぶりです！

また、同日発売の『大学入学時から～』の2巻をご購入いただいた方は先日ぶり、または先ほどぶりです！

夏乃実です。


この度は『やり込んでいたゲーム世界の悪役モブに転生しました　～ゲーム知識使って気ままに生きてたら、何故かありとあらゆる所で名が知れ渡っていた～』をご購入いただきありがとうございます。

し、少々長いタイトルとなっておりますので、『悪役モブ転生』で覚えていただけると幸いです。


前置きが長くなってしまいましたが、今巻がわたしの初めてのファンタジー作品となります！

今まではラブコメ作品を主に書いておりましたので、書き方や世界観の違いを感じながら、新しい発見をしながら楽しく取り組むことができました。

読者の皆さまには『面白かった』と感じていただけるよう願いまして……！


加えて、素敵なイラストで華を添えてくださったイラストレーターのしまぬん先生、本当にありがとうございます！

また、慣れないジャンルの刊行作業で不安なところもあったのですが、担当さんや校正さん、本作に関わってくださった方々のおかげを持ちまして綺麗な形になりました。

自信を持って出版することができました。

本当にありがとうございました。


最後になりますが、数ある作品の中から本巻をお手に取ってくださり、嬉しい限りでございます。

まだ登場していないキャラクターも控えておりますので、お楽しみにいただけたら幸いです。

それでは今後とも何卒よろしくお願いいたしますっ！

夏乃実

ファンレター、作品の
ご感想をお待ちしています

〈あて先〉

〒105-0001
東京都港区虎ノ門2-2-1
ＳＢクリエイティブ（株）
GA文庫編集部 気付

「夏乃実先生」係
「しまぬん先生」係

本書に関するご意見・ご感想は
右の QR コードよりお寄せください。

※アクセスの際や登録時に発生する通信費等はご負担ください。

https://ga.sbcr.jp/

やり込んでいたゲーム世界の悪役モブに転生しました
～ゲーム知識使って気ままに生きてたら、何故かありとあらゆる所で名が知れ渡っていた～

発　行　2024年6月30日　初版第一刷発行

著　者　夏乃実
発行者　出井貴完

発行所　SBクリエイティブ株式会社
〒105-0001
東京都港区虎ノ門2-2-1

装　丁　AFTERGLOW

印刷・製本　中央精版印刷株式会社

ISBN978-4-8156-2300-5
Printed in Japan　GA文庫

試読版は
こちら!

試読版は
こちら!

試読版は
こちら!